吉田雅人

スサノヲ
烈火のごとく怒りて

批評社

はじめに

妄想にふけり、血湧かせ肉躍らせると、ヒトは人間性を見失う。得てしてあり得ることだ。

原子の火を神の火だと謀り、打ち出の小槌を手に入れたとばかりに狂乱する背信者がその最たるもの。

今では、科学は政治に悪用されてヒトを死する凶刃となってしまった。

核分裂を起こさせて、途轍もない殺傷力を持った原子爆弾をつくり出した、双生児の原子力発電所も。


原子の火を振りかざされると、ヒトのみならず生きとし生けるものはその前に茫然と立ち竦むしかない。

あほとて、この原子の火を後ろ盾にして権力の座につくと欲ぼけの習い性にまかせて悪事を重ねていく。

なかでも、質の悪いのは、ずる賢い恥知らずで、悪知恵に反吐を捏ねまわし、ますます狡猾になり、悪事の仕放題。

その上、バカとハサミの使いようをよく承知しているので私たちを骨の髄まで貪り尽くす。

こんな品性のかけらもない連中に、烈火のごとく怒ったスサノヲは知性と一体となった感性を極限まで研ぎ澄まして立ち向かってゆく。

史上最悪の核災害を引き起こした「東京電力福島第一原子力発電所」に、真っ向から立ち向かってゆく、そして

未生以前の面目をかろうじて保ってる出雲の里に時空を超えて引き寄せられていく。

そこでは、里を襲う山賊を撃退するために仕掛けた罠に自ずと嵌ってしまったりしながらも、ものの本質に迫っていく「誇り」を呼び戻して、いかなる困難な局面をも打ち砕《わ》っていこうとする。

それは、善にも悪にもころぶ、脆さを秘めたウラン鉱石のある「人なり山・人なし山」に辿り着く道程でもあった。

ヒトを殺しもし、生かしもするウラン。
そんなウランを神のもとに封じることによってしか
ヒトの未来はないと
知るスサノヲ。

　核なき未来を切り拓かんとする
スサノヲの迸る熱と光

Ⅳ　スサノヲの太刀と弓矢の秘密

Ⅴ　スサノヲの戦い

Ⅵ　旅立ち

I　フクシマとスサノヲ 脱原発の雄叫び

1　垢抜けしたスサノヲ

何だか遠い昔のように思われる。しかし東京電力福島第一原子力発電所を目の当たりにしているると、あの日から幾日も経っていない。二〇一一年三月十一日十四時四六分、予想だにしていなかったマグニチュード9の東日本大震災が勃発したのだ。

一号基と四号基の間だから二号基か三号基か、そこには数百メートルはあろうかと思われる黒いキノコ雲が立ちのぼっていた。原発の建屋の天井は吹き飛ばされ、ヒロシマの原爆ドームさながらである。建屋の中ほど辺りではチカチカと赤い炎が見え隠れしている。

赤くただれた原子の火。

ここは沖合い一里ぐらいであろうか。崩れた家の屋根にへばりつくように乗りかかったまま、スサノヲは、今、何が起きたのかと、しきりに思い出そうとしていた。

「そう、そうだった」

防潮堤に寝そべって、遥か彼方のアメリカ大陸を思い遣りながら快い夢心地に身を任せていたところ、不意に身体が浮き上がったかと思うと、どすんと防潮堤に叩き付けられていたのだ。

何事か、と気を配る暇もなく今度は左右に激しく揺り動かされた。遠くで警報が鳴っていた。土埃を撒き散らしている崩壊した家々、遠くで、「津波がくるぞ！」と叫んでいる声が耳に入ってくるが、どこか遠くで奏でる楽器のように聞こえてくるのだった。

「はっ」として我に返り、ここにいては危ない、高台に逃げなければと駆け出してみたものの、時すでに遅しで、足下《あしもと》をすくわれ、山側にどどっと押し流されていた。怒濤のように押し寄せる波の力に抗《あらが》うすべもなく押しやられる。これではまずいと思っても、濁流に押し流されていくだけである。濁流に飲み込まれないように、顔を出すだけで精一杯であった。

ここが正念場だ、兜の緒を締め直し、流されまいと思ったのを最後に、引き波でがっと沖合いに流されてしまっていたのだった。

すべてはあっという間の出来事だった。

気が付くと、羽目板にへばり付くようにして波間に漂っていた。津波に呑み込まれたのだ。そうとわかると少し落ち着いたので、恐る恐る周りの様子を覗ってみた。

木屑が辺り一帯に散乱していて、どうにか原形を留めている船も何隻か頼りなげに漂っている。

船と船の合間には、溺死体が幾体か浮かんでおり、一様に衣服は剥がれ、ところどころ皮膚がめくれ、腹も異様に膨らんでいる。

とうとう地獄の釜の蓋が開いたのだ。海の波間から見える電柱は傾き、電線は垂れ下がったままである。

写真で見たことのあるヒロシマ・ナガサキの黒いキノコ雲、原爆ドームさながらのフクシマ原子力発電所の建屋、地上にも海上にも広がっている無惨な光景。地震、津波、そして核の暴走。

スサノヲは命拾いをしたことに安堵しながら、同時に自分だけは生き延びたんだ、という恥ずかしさに似た妙な安堵の想いを感じていた。しかし、恥ずべき感情と思いながらも生きながらえた安堵の想いは、熱い血となって身体中を駆け巡るのだった。

人々は、地震・津波・核爆発の惨状に茫然自失するが、こと核爆発には。あらゆる生物は、核の放射線に対しては無力である。抗う手立てとて一切ない。ただ、手を拱いて猛威の振る舞う様を見ている以外に、何もできない。

スサノヲは、命拾いして生きながらえた限り、拱手傍観《きょうしゅぼうかん》できなかった。負け戦さと分かっていても、じっとしていられなかった。スサノヲは、闘いの最中にあってこそ、新たな戦略・戦術を生み出しえる。走りながら考える、これがスサノヲに備わった天性の才なのだ。

今まで闘いの現場で緊急時に考え出した戦術が、すべてうまくいったわけではないが、口先男の逃げ口上よりはましだったろう。

無敵の核放射線に対してもそうだ。人間が欲望のままに生み出し、後先も考えずに頭脳で考えた末に創りあげた「核」兵器は、核放射線を飼い犬だと侮ったゆえの空前絶後のしっぺ返しだ。もはや腹を括るしかない。絶望のなかの終わりなき戦い——その闘いが始まったのだ。

2　想いはめぐりて

日本政府と東京電力の手によって開けられたパンドラの箱、福島原発事故は、今や、時遅しといえども、無心に眺めてみると、やはりここにしか思案のしどころ、原点はないのである。

スサノヲは天空を眺めながら、未だに波間に浮き沈みしている人や動物の遺体や雑多な物の動きを虚ろな目で眺めながら、暫くの間、海は海賊たちの狼藉の跡そのものだが、その先の水平線は、いつもと変わらない、超然とした自然美というか、人の手とは一切無縁な自然というものの残酷さに打ちのめされそうになった。

あの海原の向こうにはアメリカがあるのかと、改めて思ったりしていたが、一九四五年の夏以来、この国と日本人は、何を依り所にして生き長らえてきたのだろうか。

遠くの方でヘリコプターのプロペラの音がしたが遠ざかって行った。

夜になると星が見える。壊れた家や船がさざなみに揺れてぎしぎしと音を立てる。

この風情とて、いつもと変わらぬ夜だ。

大震災の日から二晩が過ぎた。

再びヘリコプターのプロペラの音が聞こえてきた。今度は近づいてくるようであった。

ヘリコプターの小さな姿を捉えたスサノヲは裸であることをも厭わず、ぐらぐらと揺れる足場に仁王立ちになりながら大きく手を振った。ヘリコプターはその辺りを幾度も旋回している。迷彩色を施した機体をはっきり捉えた時、スサノヲはあらん限りの声を振り絞って、「ここだ、ここだ」

と喚いた。

バランスを失い、危うく海中に落ちるところであった。無様な姿をさらしながらなおも叫び続けた。ようやく気づいたのか、ヘリコプターが近づいてきた。

頭上まで来ると、ホバーリングしている機体より屈強な救命隊員が手慣れた様子で、するするとスサノヲの処に降りてきた。

「もう大丈夫だ。命綱を身体に括りつけるぞ。引き上げる時、少し前後左右に揺れるが心配ない。しっかり摑まっておればいいだけだ。いいな」

ヘリコプターの音に遮られて、隊員の声は、どこか遠くから聞こえてくるようだったが、スサノヲはそのままヘリコプターに無事に収容された。

すぐさま毛布がかけられたが、スサノヲは、暖かさと安堵とで横になると、くらくらして、このまま永遠の眠りにつきそうだと、うつらうつらしているところに、「痛みはないか、他に見かけた者はいないか」と、隊員らしき屈強な体つきの若者が矢継ぎ早に聞いてくる。スサノヲはなんとか応えたいと思うものの口を開くのも億劫であった。

隊員たちは、「そうか、そうだろうな」と合点すると、そのままヘリコプターは引き返して行った。

スサノヲが搬送された病院もごったがえしていた。

すぐさま点滴が打たれた。翌日の病院食は即席のものであったが、温かいというだけで本当に美味であった。

それにしても少々うるさい。

「痛い、痛い。なんとかしてくれ」

「ぎゃぎゃわめくな」

スサノヲは被災者を保護するために活動している人達の恩愛を受けるのが心苦しくて、その夜遅くに夜陰にまぎれ病院を後にした。

辺りは漆黒の闇、誰ひとりとして人影はない。

鎮まりかえっている闇の中を、目を凝らし慎重に一歩一歩、歩を進めていたが、獣の気配をかすかに感じた時、あれっと思う間もなく地面が裂けてできた大きな地割れに真っ逆さまに落ちていった。


私たちは地震・津波で深手を負っても立ち直ってきた。

恩を仇で返すような悪に対しても、桃色吐息であっても、かすかに見えている希望の火をよすがに今まで幾度も幾度も耐えてきた。

しかし、目で捉えることもできず、においもなく、それでいていつの間にか私たちをじわじわと殺していく毒を永遠に吐き続ける原子の火に対して、なにをよすがに闘えというのか。想像力を凝らしてイメージしても、闘いのイメージは掴み切れないどころか、イメージさえ浮かべることができない。

たかだか金儲けのために、ウラン鉱山でナバホの民を被曝死させたのを皮切りに大量殺戮を白昼、平然と何のためらいもなく、あたかも惰性のように退屈な日常の一コマとして成してきた原子力マフィアが駄目押しするかのように。

悪魔が開いたパンドラの箱を前にして私たちは暗然とする他ない。

私たちはどじったのだ。

パンドラの箱に最後に残された「希望の火」が何時の間にか、「原子の火」に摩り替えられていたことにもっと早くに気づかなければならなかったのだ。すべては遅し。だが、しかしだ、絶望から新たな道を、ひいひい言いながらも一歩とて歩めば一歩の足跡を大地に刻むことができる。そこに辿り着きさえすれば、そして、それがパンドラの奥深くまで通じる道になれば、新たな「希望の火」を灯すことができるかも知れない。

一身を賭して闘おう。

青い光を放つニュートリノとなって日御碕《ひのみさき》へ、と。

ここは真っ暗な地の底。遥か彼方から聞こえてくる、声とも音とも判別できない嫋々《じょうじょう》たる声を道しるべとして歩き続けてきたらしいが、何を語りかけているのか、耳を澄ますのだが一向に聞き取れない。スサノヲは足元もおぼつかなくふらふらと歩みながら、なおも耳を澄ましていると、

「ツクヨミ、それともウミか、ミか」

抑揚のある声で「ミ」と言っていることだけは間違いない。「ミ」なら川か、海かだが、朦朧とした意識下でも水辺へと向かっているのはどうやら確かなようだと思えた。

海だとすると、そこは日出る日御碕《ひのみさき》。川なら肥河《ひのかわ》だが。

江戸の昔、京まで東海道を歩いて行けば十日余りのところを飛脚は二、三日で駆け抜けたとか。それほどの気概がなくとも、ひと月もすれば地の底を福島から、東京・上方を経て、出雲に辿り着けるかも知れない。

マグニチュード9の観測史上最大の地震によって生じた断層も、定めし出雲の地へと収斂していくのであろう。

スサノヲはしみじみと時の流れを感じた。

この「東日本大震災」と名づけられた大地震が起きたのは雪の舞う頃であったが、もう何事もなかったかのように春を迎えている人びとがいる。

一歩間違っていれば一万五千人余りの死者の一人となっていたところを助け出されたのは時の運だとしても、今なお二千人余りの行方不明者の一人となってしまったとしてもおかしくはない。気の晴れぬまま、ひたすら歩を進めるスサノヲを追いかけるように、又してもささやいてくる嫋嫋《じょうじょう》たる声。

今一度、耳を澄ますと今度は何とか聞き取れる声が伝わってくる。

「ねのかたすのくに」と言っているようだ。「ねのくに」なら覚えがある。そうか、ありとあらゆる生が還って行く処、根の国ということか。ならば泉比良坂《よもつひらさか》を越えれば地上に出ることができる。もう一息だ。よく事態がわからなくとも真っ当に受け止め、不毛な思考のロジックに陥らなければ、闇は晴れる。案ずるより産むが易し、力任せにぶち当たって、遠くを見通せば見えてくる。

先にほのかに差し込んでいる光、黄泉比良坂《ひらさか》だ。

一気に攀《よ》じ登ると、そこは、まごうことなく日本海を見渡す日御碕。

安堵するとともに、激しい飢えと渇きを覚えた。這うようにして河口に近づくと喉を潤す。ごくごくと飲むたびにさざなみ立つ。広がってゆく波紋を眺めながら五臓六腑に染み渡る心地よさに暫し身を預けていたが、びしっと水音がしたので音のした方に目をやると魚の影が見えた。急いできりりと弓弦を引き絞り、矢を構え、気を留めたまま、岸近くに寄ってきたところにはっしと矢を放った。


激しく水音を立ててもがく魚、手繰り寄せると、鷲掴みにして矢を抜いた。

こんな技と知恵をどこで身に着けたのかとスサノヲは訝りながら、大きめの石で炉を造り、そこに木串に刺した魚を置き、火を熾《おこ》した。

得も言われぬ香ばしい匂いが辺り一帯に漂う。頬張るように食すると口いっぱいに美味が広がる。あれ、美味、どこかでこれと同じことを口にした覚えがあると思いながらも、どどっと疲れが出てきて、そのまま寝入ってしまった。

日々がむなしく過ぎていく。誰一人とて通りかかる者とていない。聞こえてくるのは波の音。どこで生まれ、どこで育ったのかもわからない。確かなのは身にまとった鎧、そして腰に帯びた太刀と背に負うた弓と矢。

乞食に氏無しとはよく言ったものだ。知らぬ間に何か不始末を為出《し》かして、こんな出《い》で立ちで人里離れた日御碕に追い遣《や》られたということか？

だとすれば、摑みどころのない古語《こかた》りをよすがにしても詮方ない。ここを先途《せんど》にして全く新たな地平を切り開くしかない。もはや選択の余地などなかった。

雲散霧消する追憶と記憶の入り交じった想念に驚愕した。

そうだ、そうだった、スサノヲはよろめきながらふと気がついた。

籾や銭がない者は奴隷になるしかない。農耕社会でもいかなる社会の掟のようなものだ。籾や銭を多く持った者が武力を振るい、権勢をほしいままにし民衆を支配して世を牛耳ってきたのだ。自分には籾や銭はないが、太刀と弓矢がある。

太刀や弓矢で武装し、肉弾となって金貸し共をなぎ倒し、新たな地平を切り開いていけばいいだけのことだ。

そうだとすれば、重い鎧で身を守り、ここぞと思う時に、太刀と弓矢で打って出ればいいだけのことだ。

そう思い定めると小躍りして、そのまま波かぶる日御碕を後にして、スサノヲは歩を速めて出立したのであった。

だが、待てよ。魚を射るのは造作のないことだが、手繰《たぐ》り寄せるのにはえらく手間取った。世の中には忘れてもいいこととい けないことがある。鎧は捨ててもいいが小札のとじ紐（縅糸《おどしいと》は、小札に空けた穴を通して小札板同士を縦方向に連結するように繫ぐカラフルな紐のこと）は役に立つ。スサノヲは慌てて、とじ紐を抜き取り懐に入れた。

3　一歩まえに

肥河を辿っていった。

夜は川辺で過ごすことにした。

日が暮れる頃になると魚が勢いよく飛び跳ねている。この分だと川を遡っていくかぎり、食べ物には困らないだろう。こみ上げくる笑いをおさめ、ひとりにんまりしながら懐よりとじ紐を取り出し繋ぎ合わせた。矢に結びつけると、幾匹かが我が世の春とばかり飛び跳ねている、その中でも一番肥え太った魚に狙いを定め、矢を放った。

これならいとも簡単に手繰り寄せられる。

痛手を負っていてもまだ生気に満ちた面構えを見せている魚よ、いつもお世話になっていると言ってみたものの、こちらを睨め付けている往生際の悪い魚に一瞬たじろいだ。だが、構わず火に当てた。生殺しの耐え難い臭気が次第に香ばしい匂いを放つ頃になると、もう待ち切れずに熱い魚を口一杯に頬張った。

肉の旨味がじわじわと広がってくる。がつがつと食べ終えると、その場にどさっと仰向けになり満ち足りた顔を天に向けた。

邪魔物がいなくなると本来の姿に戻った炎はゆらゆらと天に昇っていく。燃えさかっていた炎は、ある地点までいくと夜空の星と溶け合って七色の光を放っていた。一瞬、紛《まが》う方《かた》なき神の火となって。

その自然の炎とは異質の、似ても似つかぬ恐ろしい業火《ごうか》、原子の火を神の火とたばかって平然と悪事をなす連中の顔が記憶の底から蘇ってくる。

だが、人を人とも思わぬヤカラどもよ、悪業の数々もここまでよ、マニ車に押し潰されよ（マニ車（摩尼車）とは、仏の「身口意」の象徴のうち、「口の象徴」を回転する筒に収納した仏具。輪蔵、転経器《てんきょうき》とも訳す）。遠からず、マニ車の生み出す水力が電力市場を席捲し、原子力発電は自滅する。そう思うと、埋もれ火となった傍らで安らかな眠りにつくことができた。

葦が生い茂っている川辺、川幅はゆうに数十尋はあり、流れも急だ。

一途に河上を目指すスサノヲ。先には船通山《せんつうざん》が見えている。恐らくその辺りが源であろう。筑波の山より出づるしづく川といわれるように、川は山に端を発しており、その源がすべての事の始まりである。手詰まりになった時には事の始まりに立ち戻る、スサノヲの、今までも、そしてこれからも変わることのない唯一の探求の道である。

喉の渇きでひりひりする口に源流のこんこんと湧き出づる澄み切った水を注ぎこめば、心の闇を映し出す鏡にもなってくれるであろう。

吉とでるか凶とでるかはわからぬが、パンドラの蓋が開けられた今、核の脅威から自由ではなくなり、さらに様々な疾病や暴力、社会騒擾など、人間社会に生じる様々な災いに苦しめられることになったが、人災としての核の脅威は他の災難の比に及ばないほど深刻な被害をもたらしている。

しかし、しかしだ。希望の火を原子の火にすり替えた連中が「原子の火」を後生大事に意地汚くなめずりまわしていても、悪事千里を走る世になっても、「原子の火」を封印するかどうかは私たち次第である。

起死回生を図ることはできる。無欲無私のこころで見てみるがいい。どす黒く脂ぎった「原子の火」の、その奥に「希望の火」の幽かな揺らめきが見えないか。

手に印した目印が三を数える頃、人の声が聞こえてきた。

大人や年嵩の子は野良仕事をしており、小さな子どもたちはそこら辺りを駆けずりまわっている。三十人ほどか、地の割れ目に落ち込んで以来、初めて目にした人たちである。スサノヲは怪しまれないように注意深く近づいていった。

目ざとく幾人かの子どもが気づいた。きょとんとしている。スサノヲもきょとんとしてみせた。子どもの表情は緩んだが、依然としてその場に立ち尽くしたままである。年嵩の子どもたちも気がついたようだ。近寄ってきたが一塊りになったままである。スサノヲはどうしてよいのか分からなかったが思い切って言葉をかけた。

「おまえたちはここの者か」

「なぬ」

「おまえたちはここで暮らしておるのかと、尋ねておるのだ」

「きまってるだろ。それがどうした」

「何て里だ」

「なぬを」と敵意を込めた子どもたちの声、声。

スサノヲは里に害など加えることなぞ更々ないことを分からせるように、

「恐がらなくてよい、通りかかった旅の者だ」

と穏やかに言ったが、「どこに行く」と鋭い口調。

「船通山《せんつうざん》だよ」と言うと、打ち解けたのか、

「何日もかかるよ、おれたちは行ったことないけど、なあ、そうだよなあ」

子どもは変わり目がはやい。賑やかになってきた。騒ぎに大人たちも気づいたようで、こちらを窺っている。

スサノヲは手を振ってみたが、警戒しているようだ。子どもたちはもうお構いなく振舞っている。

そうか、そう、そうだった。太刀や弓矢を身から放し、うっちゃって置けばいいのだ。

それが合図となったのか、用心しながらではあるが、スキやクワを持った大人たちがゆるゆると近寄ってきた。

スサノヲはこの折りを逃してはならぬと笑顔で、

「旅の者だが、肥河沿いに船通山に行く途中です。事情の分からない土地で困惑していた時に皆さんのお姿を見かけてほっとしたものですから、人恋しさというのでしょうか、子どもたちに思

わず声をかけてしまった」

と、一気にまくし立てた。大人たちは応ずるかのように近づいてきたが、五尋（一尋は、六尺、一メートル八〇センチ、五尋は、約九メートル）くらいのところまで来ると、その場に立ち止まり、スサノヲをじっと見定めていた。やがて、歳のいった一人の男が一歩前に出てきて、

「わしはこの里のオサ（長）だが、今、そちの言ったことはまことか」

と詰問口調で言った。

「嘘も誠もない、この通りです。河沿いにここまでやってきたのです」

「そこに置いた太刀と弓矢、わしらの方に投げてもらえないか」と、丁寧な口ぶりになっていたものの警戒心は解いていない。他の大人たちは二人の遣り取りを固唾《かたず》をのんでじっと見ている。

「いいですよ」

放り投げた太刀や弓矢をオサは手にすると、しげしげと見詰めていたが
「見事な細工物じゃ。預からしてもらうが不服であるまいなあ。それで、船通山に何しに行かさる」

「肥河の源がそこであろうと思い、源《みなもと》の水を一口でもいい、飲んでみたいと思ってこうしてここまで遡ってきたのです」

「ほほう、みなもとの水をわざわざね。変わったお人じゃ。どこら辺りから来なさったのじゃ」

「日御碕《ひのみさき》です」

「日御碕、聞いたような気もするが」

「日本海に面した処で、この肥河が海に注いでいるところで、ここまで三日ほどの道のりです」

「そうかい、随分と遠いところから来なさったものだ。どうじゃろう、お見かけしたところ悪い人でもなさそうだ。これもなにかの縁、里で一休みしてはどうか」と、スサノヲより里のひとに言っているようにオサは言った。

「私はスサノヲといいます。分からないことだらけで、来る日も来る日も、ああでもない、こうでもないと思い巡らしていたものですから、気疲れとでもいうのでしょうか、みなさんにお会いしてほっとしています。だれとも会わなかったもので」

「そういうことなら猶《なお》さら里でゆっくりされてはどうかの」

日御碕にいたことも、なぜなのか自分でもわからない。暗い表情のまま立ち尽くすスサノヲこの若者がふと見せた翳に言い知れぬ悲しみを感じ取ったのか、オサは、

「日御碕か、そこに降り立ったのは、地のひととして、わしらのように生きていくことになったのではないか」

「降り立つって、どこからです」

「降り立つっていえば、天に決まっておる」

天から日御碕に…比良坂《ひらさか》を攀じ登って地に出た、そんな気がするが…

「天人《あまひと》が地に降り立ったということであれば、天で暮らしていた日々のことは、なかったこととなる。スサノヲだったなあ、地の人として新たな道を切り開いていく、そんな定めになったということじゃ」

スサノヲの頭の中がごちゃごちゃになっていくのを見て取って、

「いいではないか」

「私はあまびと」

そういうことにしておくか、と里の人たちを見回して笑うオサ。

つづいて、里の人たちの屈託のない笑い。

スサノヲのまわりで飛びはねている子どもたち。

4 里での暮らし

ひとと話したこともあったような気がするが、それとて遠い昔のことであろうとスサノヲは思った。

幻聴か、里の人々の背後から、原子の火にいぶされ苦しみ死んでいく怨嗟の声、こえ、
唐突にオサの声、はっと我に返ったスサノヲに、

「そちには穀物倉で寝起きしてもらおう。食べ物は運ばせるよって腹の皮がたるむまで食したらよい。今までは何を食べていたのだ」

「肥河の魚です」

「そうかい、ここでは米が主である」

「コメ、穀物倉に置いてあるのですね」

「そうだよ、もう残り少ないが、今年の分は、ほれ、目の前にある黄金色の稲穂、わしらは早苗を育てて秋に取り入れている。米というものは日持ちがするので次の取り入れをする頃まで腐る

ということはない。こんな重宝なものはない」

「そうですか、そんな食べものがこの世にはあるのですね。魚は二、三日もすれば腐って食べられなくなるのに、そうですか」

「わしらは構わない。ここでしばらく過ごすなら、野良仕事もおいおい身につけるがよい。その間は、太刀と弓矢は預かっていてよろしいのお」

「その米とやらをいただけるのなら、肥河で魚を獲ることもない。それでかまいません」

「わしらは肥河からは魚もそうだが、なにより水を頂戴しておる」

「肥河の水はおいしいですね」

「そうじゃが、ちと違う。わしが言っておるのは早苗を育てるには水がいるのじゃ。米に水、これは切っても切れない仲じゃよ、ははは。本来なら倉にはもっと米が残っておるところ、なにが幸いすることとやら、広々しているのでゆったり休めるじゃろ」

「どういうことです」

「おいおい分かる」


スサノヲはしばらくの間は人々の暮らしぶりを見て回っていた。

中でも面白かったのは家や水路。家は竪穴住居。水路は肥河から田に水が流れ込むようにしつらえた竹の樋。

決まって子どもがぞろぞろと後ろをついてくるのでよく尋ねた。子どもの話で要領を得ない時は、手近で仕事をしている大人に聞いた。面倒くさそうに応接する者もいたが、大抵は親切に応じてくれた。

米に添えられている菜や木の実にも慣れてきた。里の様子も大分と分かりかけてきた頃、オサが切り出した。

「どうじゃ、米の取り入れが始まれば倉は一杯になるし、葦の枯れる時分じゃで、ひとつ、そちの家を建ててみんか。無論わしらも手伝う。里の大事は皆で一緒にやっておる」

「私の家ですか」

「そうじゃ、不服か」

「そういうことではないのです。余りにも突拍子もない事を言われるので。船通山には行きたいし、こうしていつまでもご厄介になっているのも心苦しくって」

「いや、わしらは一向に構わん。野良仕事もいいものじゃで。そちは今までのことは何一つ覚えていないと言っとったじゃろ、それではいかん。船通山に行くにしてもここでの暮らしが役に立つこともある。

これからは新たな旅立ちと思って、起きたことの一つひとつを心に刻みつけておくのじゃ。そうすれば何かの折に思い出すこともある。ひととの暮らしに関わっておれば、忘れていたことも思い出すものじゃ。そりゃ、こうして皆で暮らしていると揉め事も起きるし、嫌なこともある、だがなあ、大抵のことは納まるところに納まる。オサとてまとめ役に過ぎんし、それも交替でやっとる。今だから言うが、そちが現れた時はわしとてえらい時にオサになったものだと内心では冷や汗をかいておった。幸いなことにそちがよき人でほんに助かった。深い事情は知らぬが、今まで一人で暮らしてきたようだから、ここらで自分の家を持ってみんなと暮らしてみるのも人としての幅が増え、よいことだとわしは思うがどうじゃ、嫌になったらいつでも出て行ったらよいで、しばし腰を落ちつけてみんか」

いつもと違って説得するようなオサの口ぶりにすこし戸惑いながら、里の人として受け入れてくれると言われるのですか、とスサノヲは緊張気味に言った。

「そうじゃが」

「他の人たちはどうなのですか」

「里のことはなにごとも神はかりで決めておる。中にはそこまでしなくとも、どうせ出ていくのだからという者もいるにはいたが、里に馴染んでもらうにはそれがいいということで、最後はよかろういうことになった」

「そうなのですか。これほどの恩愛を受けたこともないので戸惑っています」と言って、スサノヲは、はて、このようなことが前にもあったのではないか、と心のうちを覗いていた。

「なあに遠慮はいらん。里暮らしをして、ひととなりの幅を広げたらええのじゃ」

「そのように幾度も言われると、そんな気もしますが」

「なにをぶつくさ言うておる、この期に及んで。人となりはひととの交わりのなかで培われていく」とオサは畳みかけてきた。

「はい、それではお言葉に甘えてそうさせていただきます」

「それでいい、それでいい。どれ、家つくりといくか。久しぶりのことじゃで、皆に早う知らせてこなくては。そちもこれで里人になったのだから、これからはスサノヲさんではなくスサノヲと呼ばせてもらうよ。そちにとって家つくりは初めてのこととて、見ているだけでよいよい。下手に手を出されると足手まといになるだけ、なるだけ」と、面白そうに言った。

スサノヲは思った、初めて会った人々にこんなに快く迎え入れられるなんて。だとすると、原子の火をつくった人間は、ひょっとして私の人間不信が生み出した幻影だったのではないのか。

いや、いや、そうではない。科学の力を過信した人間どもが欲望の奴隷に成り下がり、人が決して踏み込んではいけない神の領域にまで土足でずかずかと踏み込んでいった、あのおぞましい姿、あれはまごうことなくひとの仮面を被った人間だった。

手をこまぬいていては時の流れのままに流される。流れを変えようと思えば必ず変えることもできるのだ。

5 スサノヲの家

秋の取り入れも終わった。倉の前には稲束が所狭しと並べられている。

恒例によりオサの交替もあった。今度のオサはスサノヲと同じ年頃のオシクマという精悍な若者であった。天日干しが済むまでに終えておかなければということで、オシクマの陣頭指揮のもとでスサノヲの家つくりが始まった。

横幅二尋余り、縦幅三尋ばかりの矩形になるように地を掘り窪め、四隅に五尋ほどの丸太を斜交いに組み合わせたところに丸太を架け渡すと家の骨組みが出来上がった。

後は杭を打ち、棟から架けた竹を杭に結わえていけば切妻式の屋根ができた。丸太の支柱、杭、竹、棟木などは相互に蔓で固く結び合わせている。驚いたことにこれだけのことを三日で仕上げてしまった。

次の日は、川原から刈り取ってきて天日干しにしてあった萱《かや》で屋根を葺いていく。手慣れたもので、二日ほどで葺き終えた。

スサノヲはかなりのひかずを要するであろうと思っていたが、一日目に窪地を整え、二日目に用材の準備を終えると、明くる日から家の組み立て、屋根葺き。終えるに七日とかからなかった。

最後に出入り口と炉。

オシクマは口には出さなかったものの得意げな顔で、おい、スサノヲも家つくりに加わってるんだろう。仕上げといこう。葦を床に敷けよ、敷き終えたら間違いなくスサノヲの家だ、大の字に寝ころべと促した。

これが我が家というものかと思うと奇妙な感覚が湧いてくる。米の煮炊きも家の炉で行うのだ、採った魚を串に刺して火にあぶって食べていたのとは全く違った趣である。

「どうだい、スサノヲ、寝心地、よいだろ。これでぬしも里の一員になったということだ。ぬしが食っていた米は前の年のものだが、一粒の籾を植えたらどれぐらいになると思う、ほうれ、俺の手のひらから溢れるほどの米粒になる」

スサノヲは倉の前に干してある籾のびっしり付いた稲束を思い浮かべながらも、オシクマにからかわれているような気がしたので、

「オシクマさん、ほんとうですか」と聞かずにはおれなかった。

「もう、その、さん、とかはいらない、俺たちは仲間になったのだからざっくばらんにいこう、ぬしは苗を植えるところを見ていないから無理もないが、取り入れは一緒にやった。一茎の穂に沢山の籾がついていただろ、あれは、元々はたった一粒の籾よ」

「本当ですか」

「ああ、そうとも。だがな、手間がかかるといったらありゃしない。倉の前に干してある稲なあ、あれでおしまいではないのよ」

「そうですよね、私が頂いている米とはちょっと違っているようです」

「米っていうのは籾殻で大切に守られているってことよ。ぬしも唐竿《からさお》で叩いて籾殻を取り除いてやれよ」

「勿論、その、唐竿とかいうものでやりますとも」

「そうかい、頼むよ。殻を取り除いてようやく米となる。ところがどっこい米は苗にならない」

「どういうことです。この米を植えないのですか」

スサノヲにはあきれるよ、といった顔で、

「おい、なにを聞いてるんだ。籾を植えるとか、苗を植えるとか言っただろ。だれが米を植える

といった。ええ、スサノヲ」

「ああ、そうか」

「スサノヲも弓矢以外はからっきし駄目ということか」

「ええ、そうです」と不明を恥じた。

「だから手間がかかるって言っただろ。殻を取ってやった米を俺らが有り難く食べ、そのままにしてある籾は殻で守られていたり、俺たちが寒さから守ってやったり、水を与えたりしているってこと」

「いろいろと心を配っているのですね」

「そうだとも。それでなあ、うれしいじゃないか。やがて芽が出てくるのよ、籾が芽を出し青々とした早苗《さなえ》になっていく。そうなると田に植える」

「手間をかければかけるほどおいしい米になる、そういうことですね。でも、今年のは前の年より少し量が多い気がしますが、オシクマさん、じゃない、ええと、オシクマ」

「よくみているなあ」

「そりゃあ、倉で寝起きしてましたからそれ位のこと、私でも気が付きますよ」

「そうよ、なにかの塩梅《あんばい》でよく米が取れない年もあるしなあ、それに他にもいろいろあってなあ」

「ふうん、そうですか」

「まあなあ。俺がオサになったのでぬしの太刀と弓矢は、今は俺が預かっている。いる時があればいつでも言ってくれ。本当は神はかりにかけなければいけないのだが、そうもいってられない場合もあるだろ、そん時は俺がなんとかするからじかに俺に言ってくれ。それと、フヒトには気をつけろよ」

いつになく神妙な面持ちで帰っていった。

夕餉時分になると、炉に火を熾し、貰った土鍋に米と水とを入れ、焚き始めた。横になりながら薪を入れては、煙が天井の穴から出て行くのを眺めていた。

スサノヲは、魚をじかに焼いていた時とは全く違う趣だと改めて思った。

米がぐつぐついい始めた。教えられた通り菜を入れ水がなくなるまで待った。

米の香りが家中にたち込める。水もなくなったので慌てて火を脇に除けた。土鍋に遮られていた火が炎をあげた瞬間、家中が明るさを増した。

星空の下でのその日暮らしとは違っていた。

オサの言うとおり、味わってみて初めてその味がわかるということもあるということか。

6 野良仕事

里の人たちはスサノヲにああしろ、こうしろとは言わなかった。年嵩《としかさ》の子どもたちに対しても野良には連れてくるが同様であった。スサノヲは見よう見まねで野良仕事に加わった。砥いだ石を棒の先に結わえたスキやクワの道具を使っての仕事は思ったよりはかどった。要領を得ないときは、近くの者に訊ねた。「こうするのがみそよ」と言われても半信半疑であったが、その通りにするとうまくいく。成る程と感心することが多かった。

昼時分になると、野良仕事をやめ、畦《あぜ》に寝転がったり、木陰で休んだり、家に帰ったり、乳飲み子をかかえている母親は、赤ん坊に乳を飲ませたり遊ばせたりしている。食事をする者はいなかった。里人たちは朝夕二食であった。

里人たちの暮らし振りもおいおい分かってきた。ある日のこと。スサノヲが野良に出てみると誰もいない。どうしたことかと隣の家に聞いてみると、皆で一緒にやることはしばらくの間ないので、それぞれ思い思いのことをしている。ぬしは聞いてなかったのか。

スサノヲはいい機会だと思い、何軒かの家を訪ねてみた。土器に文様を付けていたり、子どもと遊んだりふざけ合ったりしていた。

朝というのに夫婦喧嘩をしていた家では、

「スサノヲ、丁度いいところに来てくれた。まあ、聞いておくれ、この唐変木《とうへんぼく》ときたらわたいに黙って…」と、痴話げんかを始めたり、家の壁のほころびをなおしている家族もおり、と様々であった。

里山の方にも出かけてみたが、踏み固めた道が山の方に伸びている。ここら辺りには里人たちもよく木の実を拾ったり野草を採ったりするために来ているのであろうかと思いながら、なおも奥へ向かって行くと楽しげな声が聞こえてきた。近づいてみるとフヒトの家族であった。

「これはこれは、スサノヲ、山歩きですか」

「ぶらぶらと歩いて来ましたが、楽しそうな声が聞こえたので立ち止まったのです。フヒトたちだったのですね」

「野遊びですよ。わしの家族は野良仕事がない時はよくこうしてここにやって来て遊んでいます。スサノヲ、これから先は誰も行かないのでお止めになった方がいいですよ、わしらは、闇の地と呼んでいますが」

「闇の地、なんだかおっかないなあ。分かりました。ところで、今言われた野遊びってなんですか」

「そう大層なものでもありません。歌を詠み交わす、例えば摘んできた草や花にちなんだ歌を詠んだりすることです。ユヅリハも子どもだった頃はそこら辺を走り回ったりしていたものですよ。郎女《いらつめ》なのにと驚かれるかもしれないが、時には、わしと取っ組み合いをしたりすることもあった。そんな子どもの成長振りを詠んだりもします」

「ユヅリハさんも子どもの頃は随分と勇ましかったのですね」

「その頃の歌に、『ますらおと思えるわがこ』と詠んだ歌があります。これで五音、七音となっているでしょ。それにあと五七七音と続けると、三十一の言葉で表された歌になるのです。今では、ユヅリハはわしの後ろで隠れるようにして赤子をあやすまでになっているのですがね、ははは。里の暮らしはどうですか、少しは慣れましたか」

「分からないことばかりで困ることが多いのですが、大分と慣れてきました」

「そうですか、分からないことがあったら何なりと聞いてください。わしの知るかぎりお教えします」

「それでは、今言われた、その歌とかいうものについて、もう少し詳しく話してもらえませんか」

「ほほう、関心がおありか、どういうことのない言葉遊びですよ。先ほど言ったようにその時々の気持ちを五・七・五・七・七の、みそひと文字というが、そのみそひと文字で表すのです、ただそれだけのことです。だが、これとて上手《うま》くなればなるほど、これはこれで楽しい。歌の遣り取り、贈答歌というのだが、これにしても、相手の心の内を推し量って歌にしてびっくりさせると、おろおろして即座に返し歌ができなくなったりする。そんな歌を作るこつは、嘘であってもまことのように装ってたぶらかすようにするところにあるのです」

「なんだか難しそうですね」

「確かに妻と歌を交わしている時など、妻の心の奥に潜んでいるものは何か、それを的確にみそひと文字にするのは難しいといえばいえるのですが、そこにある、光に照らされた花の美しさを三十一の言葉で表すのはそんなに難しくはないでしょう。一つ詠んでみましょうか」

『日に映える花とスサノヲ吾とともにあれかしと言ひ立つ火のはしら』

「こんなふうに詠むのです」

「へえ、なるほど。確かに五・七・五・七・七の三一文字になっていますね。でも、よくそんなにすらすらと口を衝いて言葉が出てくるものですね。私にはやはり難しい」

「そうですか。では、スサノヲ、ぬしは難なく水中の魚を矢で射止めると聞いているが、そんな技をいつ身につけたのですか。幾度も幾度も繰り返しやったからでしょ、歌も同じですよ、これでもかこれでもかとやっているうちに自然とうまくなるものなのです」

「そのことだが、フヒト、私自身も驚いている。繰り返し繰り返し幾度も幾度も修練に修練を重ねたから、水中の魚を難なく射止めることができるようになった、そういうことではないのです」

「そんな馬鹿な。ぬしは初手から難なく水中の魚を射止めたと言われるのか」

「馬鹿なって言われても困るのですが、実際そうだったのです」

「そうですか。技を身に着けるのは並大抵のことではないが、スサノヲは初手から難なく射止めることができたと言われるのですね。ふうん。ぬしはどこか変わっていると思っていたが、その話は本当だったのだね」

「私が先のオサに言った話をフヒトも聞いているのでしょ。私は、気がついてみると日御碕にいて、鎧姿で太刀を差し、矢を背負っていた。肥河を遡って船通山に辿り着き、そこの水、源の水を一口飲んだら私が何者であるかがわかるような気がして、肥河を遡って来たのです。その途中で皆さんの里にお世話になることになったのです。それがすべてです」

「ぬしがごまかしているとは思えない。オキナの語った通りだった」

「お世話になっているみなさんに嘘をつく意味合いは、何もないのです」

スサノヲは少し語気を強めて言った。

「そうだね、許しておくれ」

「自分の過去を思い出そうと気は急《せ》くのですが、何一つ思い出せないのです」

と、声を振り絞るように言った
「さぞかし辛いことだと思うよ。過ぎ去りしおのが無だなんて、わしはぬしのために涙を流そう」

「フヒト、ありがとう」

スサノヲはフヒトの陰で俯《うつむ》いたままのユヅリハがひそかに涕を流しているのに気が付いていた。

7 畦《あぜ》に並んで

「スサノヲ、取り入れの済んだ野良をとくと見ておくがいい」

とオキナは静かに言った。

「わしらが手塩にかけて育てている、吾が子といってもいい野良だ。年が変わる毎に新たに生まれてくる。そちが肥河で獲っていた魚は、一度獲ってしまったらそれでおしまいになったのではないのか」

「おっしゃる通りです。獲った魚が、お米のように生まれ変わるなんてことはありません」

「いくら肥河が広くて魚が沢山いようとも獲り尽くしてしまえばその後はどうなる」

「無、飢え……、ですか」

「そうじゃ。獲り尽してしまえばそれまでじゃ。わしらは飢え死にするほかない。そのことに気づいて、米つくりをするようになったと、先《さき》つ人《ひと》より聞いておる」

「そうですか。存在するものはいつか潰《つい》えてしまう」

「死から新たな生を産み出す、それ以外にわしらが生き延びていく術《すべ》はない」

オキナは工夫に工夫を重ね、ようやく米つくりに目途が付いた頃を思い出しているようだった。

「だから創り出さねば。詩を作るより田を作れじゃ」

と呻くように言うと、

「食べないで残しておいた籾を次の年に蒔けばまた採れる。蘇《よみがえ》ってくれる。これほど有り難いことはない」としみじみと言った。

「いのちの再生」と、スサノヲはそう呟いたものの、何か不可解なものに身を搦めとられた気がして、ぞくっと身震いした。

「そうじゃ。手さえ加えたら蘇ってくれる。なかでも大事なのは水、米をつくるには水がいる。わしらは肥河から頂いておるが、これには絶えず気を配っておかねばならん。時には肥河が暴れて水が溢れたり、樋《とい》が壊れたりして大騒ぎになることもあってなあ。籾と同じく水はいのちの源じゃ」

「スサノヲ、そちはスサノヲという名にいのちが込められていると思ったことはないか。どんな由来があるのか、そちは知っておるのか」

「由来って、なんですか」

「親が子に名をつける時、あれこれ考えて我が子のいのちに最もふさわしい名をつけるのじゃ」

「そうなのですか」と応えてみたものの、雲をつかむような話に戸惑っているスサノヲに、オキナは、追い打ちをかけるように、

「そちが里に来た時から気にはなっていたのだが、何一つ今までのことは覚えていないとのことじゃて、何か他人《ひと》には言えない事情があるのかと思って切り出せなんだ。

でものう、スサノヲ、そちも今では野良仕事も曲りなりとはいえ出来るようになったではないか、一安心しておる。弓矢で暮らせなくなったら野良仕事をしたらよい。それでだな、わしの知

っていることを話しておこうと思ったのじゃ」

オキナの目は、常日頃にまして奥深く澄んでいた。

「人というものはとかく難儀なもので、いかなる時でもいのちを繋げていかなくてはならん。そのうえ厄介なことに、生と死とは表と裏とで繋がっておる。その定めから逃れることができない限り、野良仕事が一番なのだ。米さえ作りつづけていれば、いのちは繋がる、これは他の生き物にはとうてい真似することのできないことなのだ。よいかスサノヲ、野良は、人だけが成しえる神からの賜りものと知れ」

語気鋭く言い放ったオキナをスサノヲは思わず見つめたが、オキナは、お構いなく話しを続けた。

「そちももう分かっていると思うが、米つくりではなんといっても皆で力を合わせてやらねばならん。それには音頭を取る者がいなくてはうまくいかない、音頭取りがつまりオサということになる。だが、しかしだ、音頭を取ったからといってなにも特別なことではない」

スサノヲも気を引きしめて言った。

「特別な人がいては、他の者との間がしっくりいかなくなるってことですか」

「そう思うか」

「ええ」

「オサが他の者と違って特別なものだとしたらどうなる」

「そりゃ、他の者はおもしろくないでしょ」

「両者の間で揉めたら、どうなる」

「特別な者が力づくでも抑え込もうとするでしょ」

「オサが力をつけ、特別な者になり、他の者を思い通りにさせていくようになっていくのはごく自然な流れじゃ。スサノヲ、そちが特別な者になろうとしたらどうする」

「弓矢と太刀で他の者を野良仕事に駆り立てるでしょう」

「それだけか」

「とれた米とて、余計に多く私のものにする」

「欲の虜《とりこ》になったら、スサノヲでも誰でもそうするじゃろ」

こんな分かり切ったことをオキナともあろう人がなぜわざわざ自分に向かって言うのか、スサノヲは怪訝に思った。

「このまま里に残って里の一人として暮らすことにした場合、そちの太刀と弓の技からすると、難なく里のものを従わせることができる。そうではあるまいか」

「オキナ、それは、あんまりだ…」

と、スサノヲは思わず叫んだ。

「言い切れるか」

オキナは鋭く問う。

「断じてそんなことはしない」

「誰しも心の闇がある。魔が差すこともある。時と場合によっては、闇が姿となる」

スサノヲは、そうかも知れないと思いながらも言わずにいられなかった。

「オキナ、あなたはそういった者が、私も含めて里にいると懸念しておられるのですか」

「いや、わしはどうも気になるのだ、オシクマのことも。まあ、いい、わしの邪推とでも思っておくれ」

と、今まで見たこともない慌てようで話を続けた。

「そちがやはり船通山に行くのなら、今の話は心に留めておいてほしいと思ってなあ」

スサノヲは、「心します」と言ってはみたが、釈然としなかった。

さらに、オキナはお構いなく、もう一ついいかなと言って話し始めた。

「田に引いてある樋《とい》のことじゃが、大水の時なんぞは、水が引いたあとに竹の底に黒い粒が沢山へばりついている。手に取ってみるとざらざらしており、重みがある。何であるのか今一つ分からなかったが、そちから預かった太刀と弓矢、見事なものであったのでわしは幾度となく眺めていた。冬場の狩りの時につかう、わしらの矢尻は砥いだ石でできておるが、それとはもう比べようも無いほど鋭い。そちには悪いと思いながら矢尻をほんの少しだが石刀で削ってみた。これがまた大層骨が折れるのなんの、ようやく芥子粒《けしつぶ》ほどのかけらが取れた。それを磨り潰してみると、スサノヲ、竹の底に残っていた黒い粒と同じみたいで、何度も見比べていたが、そちの矢尻はこの黒い粒でできていると思えて仕方がなかった。おそらく太刀もそうであろう」

「私の太刀や矢尻が鉄《くろがね》で出来ていると」

「今、何と言った」オキナは大声を上げた。

「鉄《くろがね》…、ですか」

「そうじゃ、そうじゃ、その鉄《くろがね》というものが黒い粒から出来ているということじゃ。スサノヲ、鉄《くろがね》というものを知っておったのか」

「いいえ、思わず口から出てきたのですが、それがなにか」

「そうかスサノヲ、覚えておるか、わしがそちは天上から来たのか、と言って笑ったこと」

「覚えておりますが、なぜそんなことを言われたのか、いまだに腑に落ちない。天から降りたった者なんていないでしょう」と言うと、オキナはしばらくの間、天空を見つめていたが、

「人って、おかしなもので、日頃はすっかり忘れていてもなにかの折にふと思い出すことがある。そちが無意識に鉄《くろがね》と口にしたように。スサノヲのスサについて耳にしたことがあってなあ。スサは荒れスサブとか、ススムで勢いのままに事を成し遂げるということらしいが、この解釈はそちにはそぐわない。渚沙《すさ》、スサとは海辺の砂のことだが、砂鉄・州砂と同じように浜砂鉄だとすると」、
そこまで言うと、オキナは口惜しそうに、

「わしとしたことが、何のことはない、竹の樋《とい》の底にあった黒い粒は砂鉄だということに、なぜ今の今まで気づかなかったのか」

「なにを言われる。オキナはものの実相をよく捉えられているではないですか」

「なにを言う。スサノヲこそ弓の上手のみならず、考える人だとわしは思うておる」

「なにを言われます。それにしても私のスサというのが砂鉄のことだなんて」

「スサノヲのスサは、そういう意味になる」

オキナは平然という。スサノヲは、

「では、あとのノヲには、どういう意味が込められているのですか」

「これにもいろいろあってなあ。ヲは男・緒・尾。わしは、スサは荒《すさ》むで、あらたまを示している言葉だが、今の今までそちをあらたまだと思うていたのだが、人を助けることを求める、これをにきたまと言っておるが、スサノヲよ、そちは、にきたまだと今ははっきり思う」

「オキナが言われた、生と死とは表と裏で繋がっていることから考えますと、あらたまとにきたまも、そんなふうに繋がっているような気がしますが……」

「ううん、そう思うか。そこでじゃ、なにか思い当たることはないか」

「そう言われましても」

「そちのてて御や、はは御は、そちにこうなって欲しいとの思いを込めて、スサノヲと名付けたのだ。砂鉄、男、にきたま、尾…、どうじゃ、尾根に立つおのこ、とは言えまいか、どこぞの尾根のことだ」

「船通山ですか」

「そうではないのか」

「ちょっと待ってください。私が行こうとしている肥河の源は、どうなります」

「なにをたわけたことを言う。目を覚ませ、スサノヲ」

「ええっと、ええっとですね、そうだ。河は山に端を発する、河の始まりとなっているのは山、だから、肥河の始まりとなっている船通山に私は向かおうとしている、そういうことだと思いますが」

「して、船通山に立つおのこ、とは」

「わ・た・し」

「それが、そちのてて御やはは御の願いだ」

「ちょっと待ってください」スサノヲはオキナの言葉を遮るようにいう。

「ええい、もう一歩じゃ、スサノヲ、おのれの頭で考えるのだ」

「鉄《くろがね》、そうか、鉄《くろがね》の元たる砂鉄の採れる、肥河の源たる船通山に私は行こうとしていたのだ」

「わしはそう思った。スサノヲ、名に込められたのは、鉄《くろがね》の源たる船通山に立つおのこたれと、そちのてて御やはは御はそう願っていたのじゃ」

「そういうことだったのか。オキナ、ありがとう、有り難う御座います」

「どうじゃ、これで、そちがなぜ肥河を遡って船通山に向かおうとしていたのか、うなずけるのではあるまいか」

「ええ、そういうことでした。ありがとうございます」

「いいや、まだだ」とオキナに言われて、まだ何か他にもあるのかなと首を傾《かし》げるスサノヲにオキナはさらにいう。

「抜かるでない、スサノヲ」

「私の名に込められたものが、まだ他にもあると言われるのですか」

「あるではないか。生と死、あらたまとにきたま」

「…」

「スサノヲよ、てて御やはは御が吾が子に寄せる想いというのは船通山より高い。鉄《くろがね》の源たる船通山に立つおのこ、それだけでいいのか。わしを失望させるでない」

「なんとなく解りかけているのですが」

「鉄《くろがね》をなにに用いる」

スサノヲは頭をぶち抜かれた。くらくらしながらも声を振り絞って応えた。

鉄《くろがね》でできている太刀や矢尻、そして、にきたま（和魂・温和な親しむべき神霊）が宿るとされている自然界の生きとし生けるものたちとの繋がり。

「オキナ、太刀や弓矢でひとを支える、誇り高きおのこたれ、ということでしょうか」

「そうとも、そうとも。名は体を表す。名実一体が本来あるべき姿なのだ。名前負けしてはならぬ。誇りは一にも二にも大切、おのが誇れるような鉄《くろがね》の用い方をなせ」

「そういうことだったのか」

「ものは使いようでなんとでもなる」

「オキナ、もうオキナに言われなくとも解かります。太刀はひとを殺《あや》めるのに用いてはならぬ、やむを得ず太刀を用いる時はひとを生かす遣り方でせよ、これでいいのでしょうか」

「まだだ」

「鉄《くろがね》で作るのは、太刀より鋤《すき》や鍬、野良仕事に役立つ道具をつくれということです」

「わっはは、わっはは」

偶然とはいえ、この里にお世話になって本当によかったと、スサノヲはしみじみと思った。肥河の源には鉄《くろがね》がある。私が源の水を一口でもいい、飲んでみたいと思い、船通山を目指して肥河を遡ってきたのには意味があったのだ。

涙ぐむスサノヲをじっと見つめていたオキナは、

「スサノヲ、喜んでばかりはいられないよ」と言った。

「えぇ、まだ何か」

「砂鉄からどうやって鋤《すき》や鍬をつくるのだ」

「ああ、そうでした、でもいい、ひとつ謎が解けたのですから。私は欲張りではありません。ぼちぼちやっていきます。オキナの歳までには十分過ぎるほどの時があります」

「コヤツ、ぬかしおったなあ、それでいい。わぁっはは」

二人の笑う晴れやかな声は碧空をも突き抜けて、船通山の彼方へと飛翔していった。

朗らかに笑いながらもスサノヲは己が心に誓った。たとえオサになったとしてもゆめゆめ誇りを失ってはならぬ、どこまでも里人の一人であり続けなければと。

8　人から人へと

籾殻《もみがら》を取り除く仕事がまだ始まらない。

スサノヲはこの数日来の出来事を反芻《はんすう》しながら、大の字になって天井を見つめていた。ここなら虫に悩まされることも少ないし、水甕もある。夜には獣の気配に注意することもない。

雨露も凌げる。野に寝る暮らしと比べれば格段に心地よい。満天の星を眺められないのはいささか残念であるが、雨の夜のことを考えれば野に寝る暮らしがいいものとはいえない。あれやこれを考え合わせると、家のある暮らしの方がいいと思えた。

私たち人間は、食べ物や水がなければ飢え死にするほかない。人以外の生きものも、生きとし生けるものは、皆、同じである。次いで棲む所。寒さに応じた衣。だが、棲む所や衣がなくても、水さえあればなんとかなる。

さらに必要なものは、フヒトが言っていたような遊びということになるのだろうか。

私が食を求めて魚を射止めようとする時はどうだったのだろうか。息を殺して狙いを定める、一瞬の緊張感が全身を駆け巡り、矢が手元から離れる瞬間こそ、他の動物たちが獲物を捕る場面と同じだろう。あの緊張感には遊びごころもあったのではないのか。

一粒の籾をまいて育て、やがて実った稲は数多くの籾をつける。そこには食べ物を得るために野良仕事をしている里の人たちの数知れぬ苦労がある。だが、野良仕事そのものを楽しんでやっているようにも見えた。

早苗を植える時のことは知らないが、取り入れの方は皆に混じってやったのでわかるような気がする。

お祭りのような騒ぎであった。

「あたいのお尻をどさくさに紛れて触ったのはどこのどいつだ」

「しっかり刈りな。ほら、ほら、この穂はわしのようにキンキン黄金色してるだろ。穂の垂れ具合といったらだれかの乳とそっくり、さぞかしあそこもそうだろう」

「ははは、なにお、この能無し、いっつも泡ふいてぶつぶつ言ってるくせに」

そうした冗談ともダジャレとも付き合わずに、我関せずと暢気に歌を歌いながら刈っている者もいる。子どもはいつにもまして田の中を駆けずりながら転げまわっている。

野の暮らしと里の暮らしの両方を味わった今、スサノヲの思いは千々に乱れていた。

おや、千々に乱れる…

そうか、「千々に乱れる」というのはこういうことなのか。

そうであるなら、私にも「ひとの心」があるということだ。ひとの心があるから「木の股から生まれたりもせず」で、私を生んでくれたててとははがいる。

私にもててとははがいる。私を産んで育ててくれた、ててとははがいる。私は、日御碕に打ち捨てられたのではない。そう思うと、安堵感が心の隅々に広がってくる。それはまた、砂鉄から鉄《くろかね》を作り、鋤《すき》や鍬《くわ》の刃に仕上げたいという熱い想いとなって膨らんでくる。

しかし、一方では、鉄《くろかね》は太刀や矢でひとを弑し、物を奪う闘いの道具になると共に、日常生活に欠かすことのできない動物や獲物を殺傷して食物にする道具にもなる。

こうした冷厳な事実を見てきたのは間違いないことだが、他方で、鉄《くろかね》は鎧のように、自身の身を守る道具でもあるという想いを棄て切れなかった。

ひとを弑することなく身を守るには、どうしたらいいのだろうか。せめて生き物の殺生を避けて、米や野菜のような植物だけで生きてゆけないのだろうか。

こう辿ってくると、今までに感じたことのない、人間という生き物の絶対的な矛盾に押し潰されそうになったが、逆に、心の緊張を伴った精神の張りのようなものが五臓六腑を駆け巡るのも覚えるのであった。

良し悪しも何を元（基）にするかによって善にもなれば悪にもなる。それゆえひとの心は千々に乱れるのではないだろうか。

この矛盾の存在がスサノヲの「心」の戦慄《せんりつ》となって、他者の心と己の心が共に戦《おのの》いて、初めて他者との交わりが成り立つのだろうか、と思い悩まずにはいられなかった。

スサノヲは、オキナとの話を反芻しながら、いままで経験したことのない感動と動揺の谷間のなかで、身震いするほどの緊張感と共に、船通山に向けて出立していこうと思ったのである。

9　唐竿騒《からさお》ぎ

籾殻を取る仕事が始まった。おのおのが手にした竹棹の先に取り付けられたくるをくるくると回転させて、籾にうち付けている。剥がされた殻が舞い上がると、後には、艶々《つやつや》とした米が顔を出した。

スサノヲは焦った。うまくいかない。竹棹と打ち棒とが別々の動きをして、くるはむなしく丸い円をぐるっと描いて手元に戻ってしまう。

隣の者に聞くと、

「なあに、スサノヲ、からさおを使うには力を抜くのよ。ほら、よいさあと、気楽に。くくるは回っているんだから、地面に近づいた時にちょっと力を抜くとくくるは止まる、そこで籾を打ち付ければいい」

スサノヲは、そうか、肩の力を抜いて気楽にやればいいだけのことか、と言われた通りにやってみると成程うまくいくではないか。

力の入れ具合もわかってくると余裕も出てきた。広げた籾を囲んで丸くなって仕事をしているので里人たちの顔が見える。

合間合間にみているると、あることに気がついた。

背と妻とは隣り合って仕事をしているが、連れ合いの隙を見ては、独り者に流し目を送ったり、あるいはよろける振りをして秋波を送っている背もいる。

妻とて妻で、あだっぽい流し目でしきりにお目当ての者に目配せしている。これがオキナの言っていた揉め事の火種になっているのであろう。

スサノヲのそんな思いと裏腹に、深まる秋の一日を楽しみながら、からさおはくるくると廻るようになった。

この前にはこんなこともあった。

スサノヲは、年嵩の子が母親にくってかかっているところに出くわしたのである。しばらくして、その子に出会ったので、あの時のことを聞いてみると、その子が言うには、

「野良仕事より狩りがいい」と言ったら、母親と諍いになったという。

スサノヲがその子に、一緒に狩りに行こうかと誘うと、

「スサノヲとならいいが、ててが何というか」

と寂しく笑っていた。

　里人は家の内と外とでは違う顔をみせる。家族の間には他人には分からない「心」が、破れた蜘蛛の巣のようにややこしく絡んでいる。それが幾度かの小競り合いを経たのち、ほころびが元のように繕われることもあれば、亀裂がますます大きくなって、遂に家族の巣そのものが壊れてしまうことだってあるのだということを、スサノヲははじめて知ったのだった。

10　つぶやき

　里では一人で暮らしている者はいなかった。大人になって出ていく者もいない、年頃になると、里の中で好きあった者同士が新たな家庭を持った。村落共同体の血筋を辿れば一組の夫婦に繋がるという典型的な血縁社会である。

　今のところは、血の濃さによる禍が出ていないので幸いであるが、これから幾世代かを経ると、血の濃さがどういった事態を産み出すことになるのか。

　スサノヲは、普段は殆ど気にしない血の濃さとその災いについて、自分の生き方の問題として考えこまざるをえなかった。

　父と娘との間にも子は生まれる。母と息子との間にも子は生まれる。そうなると、血の濃さゆ

えの災いが招来し、家族や家が崩壊する事態を招きかねないと想うと、暗澹たる気持ちに陥るのだった。

生涯、独り身を通すか、血を濃くしていくか、里を去るか、遠くにある他の里から連れ合いを求めるか、今のところ方策はそれほどないのが現実だ。

スサノヲはオキナの話を思い出していた。

雌の猪は、五、六頭のうり坊（子どもの猪）を育てる生活をしている。普段は一頭でうろうろしている雄の猪は、子をもうける時期になると、雌の猪のもとに遣《や》ってくる。雌の猪は、メガネにかなった雄の猪と交接する。交接が終わると、雄の猪は次の雌を求めて去っていくのだそうだ。残された雌猪は、身籠り、産まれたうり坊を育てることになるが、翌年になると、また新たな雄猪との交接で身籠り、新たなうり坊が産まれてくる。すると前の年に産まれたうり坊は、自分の母猪の元を去っていくのだそうだ。

里人はどうか。大人になるには一二、三年かかる。

男は、里を出ても狩りをしたり、木の実を採ったりして、ひとりで暮らしていけるが、子育てをしている女は、男のように暮らしていくことはできない。

人間の家は、古代は女性を主にして営まれていたが、家を出た男が一二、三年経った頃に帰ってきても、「どこのダンナさん？」と言われるくらいが関の山だろうから、家族というものを生み出して、一族で生活するようになったのは、自然の成り行きだったのだろう。

それにしても、人間が種を存続させるには、家族という形態を取らざるを得なかったとしても、そこには、「自由・平等・博愛」の理念が芽吹いていて欲しいとスサノヲは思う。

その時、はっとした。どこかで耳にした言葉が聞こえてきたのだ。

いまだに、「自由・平等・博愛」の社会に至らず、人々が悲痛な叫びを挙げ続けているのを、欲の深い人間に、武力でもって従わされている怨嗟の声を、確かに、どこかで聴いた覚えがあるのだ。

七つの家族で成り立っているこの里が、このようにのどかなまま末永く存続するかどうか、と思い遣《や》ってみると、今の二倍にも三倍にも膨れ上がった大きな里では、やはり、危惧の念を抱かざるを得なかった。

スサノヲは、里のひととの交わりにおいて、千々に乱れる心も意味を持つのだと知ったが、千々に乱れる心がいつになっても乱れたままか、乱れたままなら、と思うと、吉とでるか、凶とでるか。

II　里人と暮らすスサノヲ

11　無音の里での繰り言

里で暮らしているなかで、思いも寄らぬことが蘇ってくる。そのたびに言い知れぬ恐怖の念を覚えることに、スサノヲはたじろいた。

一体どうしたことか。

日御碕を後にしたことがいけなかったのか。里でいろいろな人との出会いがあったのが良くなかったのか。あれこれほじくり返すと、とんでもない事になり、身を滅ぼすことにもなりかねない。独りなら気儘に暮らしていける。ひととの交わりが生み出す恐れや埋もれた記憶に伴う恐怖のよってきたるところに仕組まれた、自滅への道。

滅んだところでどうということもない、生へのこだわりとてない、誰に看取られることもなく、野末の露と消えても惜しくもないいのち。そう言ってしまうとやはり嘘になる。

里に身を寄せたことによって、心が千々に乱れるようになったのは、吉か凶か。人との出会いによって、本来の自己とは違った方に進んでいくことになっても致し方のないことか。

オキナより学んだ〈かけがえのない誇り〉
船通山の頂きに立つ者として
何一つ為さぬまま露とはなれぬ
しきりに五臓六腑を駆け巡る思い
和して同ぜず

里では何ごとも神はかりで決めると言っていた。そして、決まったことは約束事となり、掟となる。しかし、神はかりで決めたとはいえ、不承不承に従っている者がいないわけではない。個が掟に対して齟齬をきたす。それが時の経つに連れて埋めることのできないほどの大きな溝になったらどうなるのか。諍い。そして戦さ…
スサノオは愕然とした。

私たちは家族の一人として生まれ、大人になるまで家族のなかで生きている。更に一つひとつの家族が集まり里を形つくっている。家は子に継がれたり、あるいは大きくなった子が自身の家族をもうけることもあろう。枝分かれした家ということだが、掟は枝分かれした家にも付いて回る。このようして、苦楽をともにする里を守っていくにあたって、おのずと生み出されたもの、それが掟。

「苦」はどうか。これには里のひとすべてが力を合わせてことに当たらなければ切り抜けられない面をもっているので、ごちゃごちゃ言っている贅沢はないが、里人の一人ひとりが里を守りながら精一杯生き切るという熱い想いがそこにはある。

スサノヲが胡散臭さを覚えていたのは「楽」の方だ。

今は一人一人が平穏な里暮らしをしているが、邪《よこしま》な「楽」が鎌首をもたげ、「楽」を独り占めにしようとする者が現れると、そういった人間は、当初は甘言で里人を釣り、手なずけていく。そして、頃合いを見計らって、力でねじ伏せる。最後には、「楽」を独り占めにされた里になってしまう。

スサノヲは、フヒトの家族が楽しげに野遊びをしていた地を思い出していた。とば口辺りは里人が家をつくる際に大きな木を切り出してしまっていたので灌木帯になっていた

そこからフヒトが野遊びをしていた所までは、里の人たちが幾度も往来し自然と踏み固められ、道となっているが、その先は道なき地となっている。

幾度も行き来すれば、おのずと道となり、安全な地が広がり、里も広がるのに里人たちはなぜここでやめてしまったのか。

スサノヲは、フヒトの言葉を思い出していた。

その先は、闇の地。

12　ユヅリハ

ある日のことであった。

昼の休みになった時、スサノヲは畔にくつろいでいるフヒトの家族のなかにユヅリハがいないのに気付いた。

「ユヅリハ、どうかしたの」

「野良仕事には当分の間出なくていいことになっている。家にいるよ」

「そうなの」

「ああそうだ。スサノヲ、あの子は閉じ籠もりがちなので話し相手になってもらえないか」

「お伺いしてもいいが」と言って、
ユヅリハの家の前で、

「ユヅリハ、いるかい」と声をかけると、
御子に乳を含ませていたユヅリハは、慌てて身繕いをすると、恥ずかしそうに顔を伏せたまま立ち上がって、

「さあ、どうぞ、お湯でも差し上げます」

と言って、小さな器に湯を注いでスサノヲに手渡した。

スサノヲは、恥ずかしそうに小さな器に入った湯を、ぎこちない仕草で受け取ると、一気に飲み干した。

「ああ、おいしい、ほっとする。いつも赤ちゃんを肌身はなさずそうしておいでなの」

「ええ、まだ乳飲み子ですから」

「この間、野遊びの時はフヒトの後ろに隠れていたけど。私が怖かったからですか」

「そんな酷《ひど》いこと、おっしゃらないで」

「別にあなたを咎《とが》めているのではないのだよ。なんだか少しばかりおどおどされていたので、私は煙たがられているのかなと思ったまでのことです」と言ったものの、
慌てたスサノヲは、

「あ、いや、いや、これは余計なことをいってしまった。そんな、あなたを困らせるようなことをお聞きするつもりはなかったのに」と言葉を継いだ。

「よくってよ。スサノヲさん、あなたのお心遣い、本当に身に沁みます」

「私はこの里に来るまで他人《ひと》と話したことがなかったものですから、その…、話の仕方とか、他人《ひと》との接し方がよくわからないところがあって…」

「スサノヲさんは本当にお心根のやさしい方ですね、わたしなんかにもお気をお遣いになって」

「そんなことありません、不調法なだけです。それで、ええと、変なふうに受けとらないでくださいよ。先ほど入り口で声を掛けた時、ほんの少しの間だけですが、あなたがお乳を含ませている姿を見ました。美しかった。この世にもこんな神々しい光景もあるのだと心打たれました」

「あら、どうしましょ、恥づかしい…、お湯、お変わりなさいませんか」

「いただこうかな。赤ちゃん、抱っこしていなくて大丈夫なのですか」

「先ほどのお乳でおなかが一杯になったのでしょ、よく寝ていますこと」

「この子が羨ましかった。私は子どもの頃のことを何一つ覚えていない。母のこともどこで産まれたのかも、なにもかも。たらちねの母を」

「どうしてですの、日御碕におられたとお聞きしていますが」

「…」

「お気にさわりました」

「いや、そうではないのです。里では、日御碕で産まれたことになっているだけのことで。あなたがお乳を含ませている姿を見て、心がみだれたのか、思わず口走ってしまった」と、言うと、スサノヲは半眼のまま、しばらく天井の隙間を見つめていた。

「苦しんでおられるのですね。できることなら、代わってあげたいと思いますが、ひとには、その人の歩まなければならない道があります」

「すごいことを言うなあ、ユヅリハさんは」

「あら、どうしましょ、スサノヲさんたら」

「ははは、これで、おあいこだ」ふたりは微笑んだ
「おや、外は静かになったみたいだ。野良仕事が始まったらしい。またお伺いしたい。それでは」

ユヅリハは御子を抱きかかえるとそうと立ち上がり、入り口に身を隠しながら、いつまでも見送っていた。

13　密談

オシクマがやってきた。

「おお、スサノヲ、里のこと、分かってきたか」

「ええ、皆さんの暮らしぶりについてだいぶ分かってきました。いろいろ感心させられることが多い」

「そうか、そうか。夜はどうしてる」

「寝転がって斜交いになっている天井の隙間から夜空を眺めていることが多いです」

「野宿していた時と違うだろ」

「オシクマたちの建てた家だからもちろん家の方がいいと言ってあげたいが、オシクマ、夜空を眺めるには野宿の時の方がいい」

「スサノヲも言うな」

「でも、ここがいいのは何と言っても寛いで寝ることができることですよ」

「そうだろ。そう言ってもらいたかったのよ」

「野に寝ていると虫にくわれるわ、獣に襲われないかと絶えず警戒していなければならないので休んだ気がしない。オシクマさんたちも狩に出た時は野に泊まることになるのでしょ」

「昔はあったらしいが、俺たちの時分になると野良仕事が主だから冬場に時たま鹿や猪を捕らえに行くくらいだ。獣道に罠を仕掛けておいたり、落とし穴をつくったりしておいてあくる日に見に行く、でもなあ、俺は男らしい本ものの狩りがしたい」

「狩りに本ものの狩りがあるの」

「スサノヲ、魚を射るなんて狩りのうちにはいらない。罠も落とし穴もなあ」

「そうかなあ」とつぶやくスサノヲなんか、意にも介しないで、熱に浮かされたように
「追いたてていく、追い詰められた鹿が哀れを請うように一瞬振りむいて悲し気な眼差しを向けた時を逃さず眉間をきりきりと絞った矢でぶち抜く。どさりと鹿が倒れる。どうだい、スサノヲ、これが狩りっていうものだ」

スサノヲはほっておけばますます息巻くオシクマの話を軽く受け流し、

「罠や落し穴の張り番をしないの」

「そんな余計なことはしない。あくる朝に見にいけばすむことだろ。仕掛けがすんだらとっとと家に帰って寝ている」

「そうですか。くつろげるって本当にいいですね」と言いながら、スサノヲはオシクマ自身、男らしい狩りをしたこともないのにこんなに熱を込めてしゃべりまくるのに危なっかしさを感じていた。

「ところが、それを邪魔するヤツがいるのよ、スサノヲ」

「え、どういうことですか」

「そこのところだ。スサノヲ、ぬしもくつろぎを邪魔するヤツがいると腹が立つだろ」

「そうだが」

「なんだい、気の抜けた返事して」

と言うと、用向きにスサノヲを強引に引きずり込むかのように、

「これは俺の一存じゃない。神はかりで決めたことを俺がオサだからぬしに伝えにきた。承知してもらいたい。そうでなかったら俺の面目は丸つぶれになる」と言いながら、もってきた太刀、弓矢を突き付けてきた。

「そんなに大層なことですか」と言いながら、太刀に目をやるスサノヲ
「なあに、邪魔者を退治すればええだけのことよ」

「どういうことです」

「だから、ぬしの太刀がいるってことよ」

「もう少し分かるように話してよ、オシクマらしく」

「難儀している、俺たちは」

「なにに」

「だから邪魔者にだ。いいか、聞いてくれ。もう少ししたら五人の山ガツが襲ってくる」

「里が襲われるのですか」

「そうだ。今年で三度目になる」

「前にもあったってこと」

「だから前の年も、その先の年もそうだと言ってるだろ。この前の年も、ヤツラは籾殻を取り除いた頃にまたやってくると言い残して帰りくさった」

「そうでしたか」

「狩りの途中にでも俺らの里を見つけ、探りを入れていたみたいだ。全く、フヒトめ、野遊びをするのはええとしても、よりによって米を煮炊きしていたんだ。それを見られたと俺は思っている。こりゃええと、米を奪う算段をつけていたに違いない」

「そんなに抜け目のない人たちですか」

「そうよ。ちゃんと謀っていなかったら、むざむざと俺たちもやられはしない」

スサノヲはこれは厄介な相手だと思いながらオシクマの一語一語を聞き逃さず聞いていた。

「そうよ、奴らは里に現れ、道を聞いていたかと思うと、突然、わあっと鬨《とき》の声《こえ》を挙げると矢に火を点け放ちくさった。家が炎を上げて燃え盛る中、慌てて応戦する俺らの耳元近くに次々と矢を放ちおった。度肝を抜かれたよ。あとは総崩れよ。そうなりゃ奴らの言いなりってこと。米ばかりか、煮炊き用の土器まで持っていかれた」

「死んだ人や怪我をした人はいなかったのですか」

「オコリの右の耳がないのを知っておろう」

「ええ」

「俺と一緒に先頭で闘っていたオコリがヤツラに捕まり、俺の目の前でこいつの命が惜しくはないのか、と、どら声を挙げよった。オコリの妻はおいおいと泣き狂うし、家はごうごうと火の手をあげて燃え盛っている。こりゃとてもじゃないが勝ち目がないと思って、俺はオコリの命乞いをした」

「それなのに、オコリの耳を」

「そうよ。奴らはあざけるように、山刀でいきなりオコリの耳をそぎ落としよった。血の吹き出る耳を押さえ、呻きのた打ち回るオコリの姿が今でも目に焼きついている」

と、歯ぎしりしながらオシクマは言った。

「そうでしたか」

「俺はオコリの耳をみるたんびにたまらなくなる。それで、なんだった。そう、そう、先の長《おさ》、オキナな、戦さはからきっし駄目だが歳をくってるだけあって知恵がまわる。オキナが言ってのけたのよ」と、忌々《いまいま》しげに、

「こうよ」と、オキナの口調を真似するかのように続けた。

「あの連中はオコリの耳をそいだが殺しはしなかった。矢はわざと外していた。家も一棟焼かれただけだ。これは威しだ。米も全部奪わなかった。次の年また来るとも言い残した。これはわしらに米をつくらせ続けようという魂胆じゃ。里の者を皆殺ししたり、米を全部奪ってしまったりしたら、それ切りってことになる。油断ならぬ相手だが、みんな、どうじゃろう。頑是ない子もいるし郎女もいる。これ以上の大事に至らぬようにするにはヤツラの分の米として、里山を切り開いて苗を植え、わしとて癪にさわるが、奴らが来た時にそこで取れた米を持って帰ってもらう。そうすればいざこざになってオコリのように酷い目にあうこともないと、こう言いくさって」

余程悔しかったとみえて、オシクマは胸に刻み込んでいたその時の有様を淀みなく言ってのけた。

「それで、どうなったのです」

「どうもこうもないわ」と、吐き捨てるように一気に言った。

「神はかりにかけなきゃいかんのに、痛みに堪えているオコリや焦げくさい臭いのしている家をみていちゃ、みんな、オキナの言うことにその場でうなずいてしまった」

オコリへの労《いたわ》りと、山ガツ一味への怒りと憎しみ、そしてオキナへの言い難い恨みとが複雑に入り混じった咆哮《ほうこう》となって現れていた。

「大変だったでしょ。里山を田にしなければならなかったら、その分だけ手間がかかるし、狩りにも余り行けないし、木の実を集めるのもいつもの年より少なかったのでは」

「なあに、そんなことぐらい俺は苦にはならなかった。それより悔しいのよ。あんな山ガツ野郎にいいようにされて、腹が煮えくり返って、腹に据えかねるのだ」

「オキナは苦肉の策として急場をしのぎながら、もっといい遣り方はないかと考えていたのではないのかな。勿論オシクマの怒りのもっていきようのない気持ちもよく分かるんだが…」

「なにを他人事みたいに調子のいいことを言ってるのだ」

「気に触ったのなら謝るよ」

「いや、いいんだ。気持ちが高ぶってしまって。神はかりで決めたことは俺だって守っているが、掟は掟でも気持ちがなんとしても収まらない時がある。それで、ぬしに八つ当たりしたんだ」

口をもぐもぐさせながら、何時になく沈み込んだオシクマ、スサノヲは所在なげに仰向けになると、天井の隙間から見える夜空の星を眺めた。

星が流れた。

やがて、オシクマは重い口調で、

「なあ、スサノヲ、オキナだって里のことを案じて、妥協案のようなことを言いだしたのは分かる。俺とてそんなことも分からないほど馬鹿ではない。それで事が収まればいいが、その程度のことでは収まるまい。山ガツ一味はずるずると何年もヒルのように里の血を吸い続けるに違いない、俺は、そう言ってオキナに真っ向から噛みついた。だがなあ、俺って、やっぱり馬鹿だった。俺が考えていたことよりもっと酷いことになってしまった」

「スサノヲ、後生だから手を貸してもらえないか」

スサノヲはもう少し聞いておきたいことがあったが、只ならぬ気魄《きはく》で捲《まく》し立てるオシクマに飲み込まれてしまって、

「なにを他人行儀な、私はなんでもしますよ」

と返事するのが精いっぱいであった。

「太刀だ」

「どういうことです」

「おまえの力だ。肥河で跳ねている魚を矢で射止めることのできる力だ」

「私は、里のためになりたいといつも思っている」

「外したことは一度もないのだな」

「そうですが…」

「聞いたこともない手練だ。それで、太刀の方は」

「さあ、どうかな。用いたことがないので分からない」と言いながら、

「オシクマに預けていた太刀なので、使いこなせるなら差し上げてもいい」

「そうか、スサノヲ」

オシクマは、太刀を手に取ると、さっきとは打って変わったように勢いよく一気に抜き放った。

スサノヲは気取られないように、一瞬身構えた。

「ううむ、水も切れそうな刃《やいば》だ。手にするのが恐いくらいだ。どこで手に入れた」

「覚えてない。魚を射止めることだって、どうしてそんなことができるのか、私自身皆目《かいもく》分からないのだ」

「そうか」

オシクマは太刀を鞘に収めると、再び黙り込んでしまった。スサノヲは、またしても所在なげに寝転がって天井を仰いだ。その時、天の一隅に閃光が走った、オシクマは唐突に言った。

「スサノヲ、太刀を構えてくれ。そう、そう、腰を落として、それでいい。この木切れを放り投げるから切ってみせてくれ」

「ええ、そんなこと、私にできるの」

「弓の時と同じだ」

「はぁ」

「ええか、いくぞ」

天空で弧を描いた木切れがまじかに落ちてきたのを見定めると、一瞬の白刃がひらめいた、その瞬間、二つになった木切れが床にすとんと落ちた。

真っ青な顔になったまま、オシクマは一言も言わず帰っていった

14　月の満ち欠けと共に

月が見えなくなってからしばらくすると、弓なりの三日月が現れ、次第に丸みを増していき望月《もちづき》となる。それからは日ごとに欠けてゆき、再び三日月となり天空に消えてしまう。これが一月。日が顔を出し、中天にかかり、西の山並みに沈み、再び東の地平から昇ってくる。これが一日。絶えることなく繰り返される日と月の営み。

私たちは行く雲・流れる水。肥河を遡って日御碕からこの里に来て三度目の望月を迎えた。七軒の家に暮らしている三十二人の人たちもまん丸いお月さまを眺めていたのだと思うと近しい気持ちになってくる。みんなは喧嘩しても仲がいい。野良仕事も手際よくこなしている。背と妻と、あるいは親と子とが揉めていることもあるが大事に至ることはない。

神はかりに加わったことはないが、これはよい遣り方だと思える。家から一人ずつ出てきて七人で神はかりをなす。そして、そこで決まったことは守る。オサとてまとめ役にすぎないということであり、しかも順送りに交替している。

狩りには同行したいが冬とのことである。秋の終わる頃には肥河の源を目指して旅立ちたいと思っていたが、山ガツのことがあるので今少し留まることになる。

頼ったり頼られたりして人々は暮らしているなかで、スサノヲは実に多くのことを学んだ。

野良仕事を始めとして、ひととの交わり方、里全体で子を世話すること、また、仕事を楽しんで行えるための工夫。それ以外にも持ち味を生かして土器に模様をつけたり、矢尻に美しい細工を施したりして楽しんでいる。

とりわけ面白いのは男女の仲である。背であろうが妻であろうがそれはそれ、他の者と深い中になってしまうこともある。しかし、それも戯れ事の類にして、最後まで追い詰めて窮地に追い込んだりはしない。二人の思い人を手玉に取っている郎女に対しても同じである。

ひとにより異なる顔を見せるが、お互いにそれを大切にしている。

これが個を貴ぶというものであろうか。

しかし、そうであっても、こんな狭い里で刃傷沙汰にもならずによくおさまっているものだと感心する。

掟と個との均衡がうまく保たれているからであろう。

その一つの現れが、なにごともおおらかにことを進めている。

この里しか知らないスサノヲであるが、どこの里でも人の暮らしにはこういう知恵が働いているのだろうと思った。

だが時の流れはひとを絶えず変えていく、掟と個とのせめぎ合いもその都度変わっていく。

この前、オシクマが常になく掟と個とのせめぎ合いを垣間見せた。山ガツの出現がそうさせた。神はかりで決まったことはオシクマとて守っているとはいえ、釈然としない気持ちを抱いているのも確かである。そんな気持ちが積りに積もって澱ともなれば、何かの拍子に蟻の穴から堤《つつみ》が崩れるようなことにもなる。そうならぬことを願うが、一方では、心のどこかに抑えようとしても抑え切れない闇があれば、それがいつかは形になって噴き出してくるのもやむを得ないことだ。

個性は個と掟との均衡、もしくはせめぎ合いのなかで育まれていくと思われるが、あらぬ方に向かってしまうと、オシクマのような人は特別なオサに成り得る危険性を孕んでいる。

15 密談・その2

「やあ、この間は黙って引き上げて悪かった」

と言いながら、オシクマが元気よく姿を見せた。

「そんなことは、どうでもいいですよ、オシクマ。私も加わるってことでいいのだね」

「俺、あの時、話を続けようにも胸がつまってしまって……。それで日を改めることにしたのだ。戦《いくさ》だよ」

「山ガツ一味と闘うということだね」

「前の年は、老いぼれの言うとおりに、山ガツ一派の分を別に用意しておいたのだが、裏目に出てしもうた」

「余分に米を持って引き上げた、ということだね」

「違う」と吐き捨てるように、また幾分恥じらいを見せながら、オシクマは、

「話しづらいことは先に言うにかぎる。気分がすっきりするからなあ」

オシクマは、訥々と話し始めた。

「実はなあ、俺はオキナに逆らっていたのに、なにも手を打たなかった。素直にヤツラが米だけを持って引き上げるとは思っていなかったのに、なんにもしなかった。みんなに、いざとなった時、すぐ応戦できる構えをしないと駄目だ、と言わなかった。構えをとっていたら、そう易々《やすやす》と奴らに負けたりはしない。だが、前の年もその前も、不意打ちを食らっていただけだった」

「へえ、オシクマも案外気の弱いとこがあるんだね」

「そうじゃない。おれは卑劣だったんだ。みんなに俺の考えを言わなかったのは、笑いものにされたくなかっただけのことよ」

「どういうこと」

「俺はオキナに逆らいながらも、どっかでオキナのいう通りになるんじゃないかって。そしたら応戦の構えをしなくちゃって、強く言えなかったのよ」

「オシクマ、馬鹿だなあ。いやいや、オシクマ。それはちょっと的外れだよ」

「どういうことだ」

「オシクマの考えは正しかったのに、ちょっと残念だったと思ったのだよ。備えあれば憂いなしだ。それだけの備えをしておいて、山ガツ一派が大事な米を奪い、そのまま引き上げたら、戦《いくさ》の準備はちょっと大げさだったかなって、笑って済ますだけのことだし、米の他になにか寄こせ、と威嚇し出したら、すわっ戦《いくさ》だと応戦できる。その場合は里人には心構えができているが、山ガツ一味は高をくくっているからね、勝ち目は里人にある」

「なるほど、成程。さすがはスサノヲ。これですっきりしたよ」

「さあ、もう済んだことは元に戻らない、話を進めてよ」

「おお、そうだ、そうだった」と、オシクマは元気よく言ったが、あとが続かない。

「オシクマ、どうした」と少し語気を強めて言うと、

「そういうことなんだが、面目なくって」

「いいから続けてよ」

「うん、そうだなあ、こういうことだったんだ…」

奴らは、にたにた笑いやがって、
これは手回しがいいじゃねえか。手間が省けたので、どうれ、引き上げる前に一休みとするかと言いながら、山ガツらは互いに目配せしながら、山刀を振り回し、俺らを蹴散らかして、さっと家の方に駆け出して、家に押し入るや否や郎女を連れ出しよった。

スサノヲは、聞くに堪えない話が続くのだと思うと、ふっと溜息をついた。

俺たちに向かって、

「ええぃ、動くな。動くと娘を殺すぞ」

と言って、郎女たちを木陰に引きづっていった。

俺たちは、郎女たちの恐怖に怯《おび》えてすすり泣く声を聞くばかりで、どうしょうもできなかった。年端もいかぬ子もいたんだ。地団太踏んで弓矢を取りに行こうとする親もおったが、郎女の身の安泰を思うと、俺たちは親たちを羽交い絞めにして押し止めるしかなかった。

長かった。気が狂うほどいらいらした長い時だったよ。実際は半時《はんとき》（昔の時間で約一時間くらい）も経っていなかったが、ようやく裾を乱し、すすり泣いた顔を強張《こわば》らせた郎女たちがおずおずと姿を現した。親たちが駆け寄っていく間に、奴らは米を担いで、『また次の年に来る』と言い残して引き揚げよった」

「そうだったのか」

「今度という今度は黙っておれない。神はかりで闘うことに決めた。随分と揉《も》めたが、オキナがスサノヲにも加わってもろたらと言ったので、それで決まりよ。そりゃ、そうだろ、あんなことになったのもオキナのせいだ」

「是非とも私も仲間に入れてもらいたい」

「腕の方は、とくと見せてもろた。白状するが、この前なあ、度肝を抜かれて最後まで話す気も失せてしまった」

「オシクマらしくないなあ」

「スサノヲ、野良仕事などしていたら宝の持ち腐れというもんだ。その技、生かして遣った方がええ」

「でも、皆さんのお蔭で、野良仕事もどうにか出来るようになった。今が一番楽しい」

「阿呆言え、人は自分の持ち味を生かすのが一番だ」

「そうですか」

「そうに決まっておる。この闘いがお披露目ってことよ。存分に見せてくれ」

「私も狡猾な山ガツ一味には腹が立って仕方がない。今年も米を奪われたうえ、郎女たちがまた襲われるのではないかと思うと、居ても立っても居られない」

「ここで闘わなければ、これからもずっと食いものにされる。俺はそれを思うと気がおかしくなる」

「オシクマの言う通りだ。一度甘い汁を吸うと、いつまでも吸い続けたいと誰しも思う。他人《ひと》のことはいえない、私だってそうだ」

「よし、皆に知らせてくる。オキナがどんな顔をするか、楽しみだ」と大きな声で言いながら出て行こうとした。

「待《ま》って」

スサノヲは、慌てて押し留めた。

「なんだよ」

「一歩間違えば、死人《しびと》が出る」

「なにを言ってる。それだけの腕があっても、いざとなると怖じ気《け》づいたのか」

「いや、違う。私は、一人とて里の人に死人《しびと》も怪我人も出したくない」

「それに越したことはないが、たとえ死人《しびと》が出ても奴らを皆殺しできたらそれでええ」

「そうともいえるかも知れないが、オシクマ聞いくれ」

「なんだ」

「一人も死人《しびと》を出さずに山ガツ一味に勝つにはどう闘えばいいのか、私も考えてみる。現にオシクマは、応戦の備えを取っておかなければいけない、と考えたし。まさか、里人が何人死んでも勝てばいいと思ったわけではないだろ」

「嫌なこと、言うな」

「これからは長《おさ》なのだから、みんなを引っ張っていかないと駄目だよ」

「スサノヲ、ぐちゃぐちゃ言い合っていたってしょうがない。全力でぶつかっていけばええのよ。不意打ちを食らうわけではないし、こっちだってやってやると身構えてる。負けっこない。だがな、戦さは戦さだ。こっちも痛手なしなんて虫がよすぎるというもんだ」

「里の人がみんな無事で山ガツが二度と里を襲わないようにすれば、それでいいのだろ、そのような戦さでいいんだろ」

オシクマは、自分で考えたことを言うだけ言ったのでやや冷静になっていた。ここで一歩引いてはならぬとスサノヲは身を乗り出した。沈着なスサノヲであったが、怪気炎をあげるオシクマにたじたじであった。

「山ガツ一味がもう二度と里人を襲う気もないほどに打ちのめしたら、それで十分だと思うのだが、どうかな」

「追い払っただけでは勢いを盛り返して、また襲ってくるだけだ」

「だから」

「なんだよ。そんな生温《なまぬる》いことで心配ないって、よう言うな」

「心配ないといえるかどうか、オシクマが決めてくれたらいい」

とスサノヲは腹をくって、

「まあ、私の話を聞いて下さい」と話し始めた。

「この里に来る途中、いつものように魚を射止め、脇に置いて火をおこしていると、炎が揺れてもいないのに風の動きを感じた。気配をうかがっていると、背後の動きが一瞬ぴたっと止まった。すかさず後ろ手に弓で打ち据えた。鷹が羽をばたばたさせている。可哀想だったが、さらに羽根の付け根を打ち据えた。片方の羽根だけではもう飛び発つこともできず、よろよろと鷹は歩いて逃げていった。どうだろう、オシクマ、片方の羽根を失った鷹は、傷が癒《い》えたとしても、今一度襲ってくるだろうか」

「ううん、そうだなあ」

オシクマは、しばらく思案していたが、そこまで痛めつけてやったらもう一度襲おうと思ってもできないかもしれない、とぶつぶつ言っていたが、

「よし、山ガツ一味の腕の一本も切り落としてやるか」と威勢よく言った。

「さすがにオシクマは、決めるのが早い」

と持ち上げておいたが、駄目押しするのも抜かりなく行うスサノヲであった。

「命まで奪わなくとも、そうしておけば、もう二度と襲ってくることはない」

「分かった、わかった。それで決まりとしょう。山ガツ一味は五人だ。五人とも揃って腕を切り落としてやる。オコリも泣いて喜ぶぞ。それで、これからどうする。何かええ策があるのか」

「オシクマはやっぱり呑み込みが早い」

「よせよ、茶化すのは。で、どうなんだ」

オシクマは、冗談っぽく言いながら、スサノヲの次の言葉を待った。

「ところで、何人出せる」

スサノヲはすかさず具体策を切り出した。

「そうだなあ、年寄り、一三に満たない者はのけて七人、七人だ」

「私も入れてか」

「当たり前だ」

「だとすると、五人対七人か。見張りに一人となれば、五対六だ。山ガツ一味はどこからやって来るかだ」

「川の上手、ほら、ぬしがフヒトから聞いたといっていた闇の地の方角だ」

「それ以外はない」

「川沿いに下って来るにしても、最後は闇の地を通るしかない」

「もしそうなら、闇の地の道なき道を下って里に来る。そう思っていい」

と、スサノヲは、互いに命を預け合った六人の仲間に同意を得るように、説得力ある説明を心がけながら、闘いの場となる闇の地を思い浮かべるのだった。

「おい、なに、ぼやっとしてる。川沿いに里に来るには、里近くにある崖を攀《よ》じ登らないといけない。奴らは、そんな面倒なことはしない、遠回りになっても闇の地の方に回り込んだ方が楽だから、そうするに決まってる」

オシクマは、自信たっぷりに言い、それに前の年もその前の年も闇の地から現れよったと言った。スサノヲは、山ガツ一味が襲撃してくるコースは、間違いなく闇の地に違いないと確信した。

「私もフヒトに言われていたので、闇の地に足を踏み入れなかったけど、山ガツの出る地で、それで闇の地ということだったのか。あそこなら二人も並んで下りてくるだけの道幅はない」

「そうだが、闇の地を闘いの場にしょうってことか」

「闘いに地の利を取り入れれば、神も私らの側についてくれる。あとのことは少し考えさせて欲しい」

「どういうことだ」

「闇の地に行ってみなければ、私らに地の利が働くかどうかわからない。一度行ってみる」

「スサノヲの話にはついていけないところがある」

「どうして。オシクマは、今、長《おさ》なのだからどんな策で闘いの場に臨めばいいか、闇の地で五対六で戦い、無傷のまま勝つにはどうしたらよいか、考えなくちゃ」

「うん、そうだな」と生返事をするオシクマ。

「オシクマは、長《おさ》なんだから戦さの音頭取りだよ」

「おう、見事に先陣を切ってみせる」

と意気揚々に言ってのけるオシクマに、声を抑えて説得するスサノヲだが、

「オシクマひとりの戦いじゃないだろ。里人と山ガツ一味との闘いだということを忘れないでほしい」

と、スサノヲはいささかシラケた雰囲気に不安を感じながら、里人の一人として闘いの場に臨む

ことの難しさを感じるのだった。

「わかってる、わかっている」

「私が音頭取りと言ったのは、オシクマは長《おさ》だから戦さの策を立てなければ、という意味で言ったのだよ。この家だってオシクマが陣頭指揮とっていたではないか。私の立てた策と比べてみて良い方をとる。それでいいねえ」

「策、策とうるさく言っているが、これでもスサノヲの言ってることを汲み取ってるつもりだ」

里人たちがみんなで力を合わせて闘い、里を守ったという気持ちになるのが大事だということを分からせるのはなかなか難儀であった。

「戦さともなれば俺が真っ先に、わあっと叫びながら闇雲《やみくも》に突っ込んでいけば、気迫で相手を怖気《おじけ》させる。これで勝ったのも同然だ」と言い募る。

「オシクマ、オコリとは先陣争いをしたのだろ」

「そうだ」

「オシクマにしろ、オコリにしろ、里を守りたい一心で果敢に戦ったと思うよ。それなのに、なんで負けたの」

オシクマは、ぐぐっと怒りが込み上げてくるのをどうにか抑えながら、ぶっきらぼうに、

「だから、不意打ちをくらったって言ってるだろ。何遍言わせるのだ。山ガツ一味が里に下りてきた時は、それが手だったと思うが、道に迷ってしまったから教えてくれ、とか何とか言っていた。まあ、ともかく里を襲う気など全然感じさせなかった。

ところがだ。この人たちが道に迷って、こんなこと聞いているが誰か知らないかと大声でいうと、皆がぞろぞろと家から出て集まって来た。

そこまでは何事もなかったが、突然、どら声を挙げるなり、山刀を振り回しおった。一番前にいた俺とオコリはすぐさま持っていたスキで応戦したが、押っ取り刀では太刀打ちできなんだ。そのあとのことは前に話したろ」

「私がうるさく策、策と言っているが、オシクマも策について話しているよ」

「ええ?!」

「道を尋ねたとか、突然、山刀を振り回したとか、火種を用意していたとか、耳をそぐとかみんな、それ、山ガツ一味の策だろ」

「油断させておいて一気に打って出た。それがヤツラの策だったということか」

「そうだよ。山ガツ一味は、にこにこしながら隙を狙っていたのだよ」

「ううん、こん畜生め。俺としたことが。参ったなあ。そういうことか。スサノヲの話を聞いてると、勝つにはそれなりの策ってものがいるってことか」

「オシクマ、どう戦えばいいかと策を練るのだ。そこからもう戦さは始まっている。山ガツ一味は里の人がなんの支度もしてないところに不意打ちをかけた。だから、いくら勇猛なオシクマでも歯が立たなかった」

「うん、スサノヲのいう通りだ」

「やっぱりオシクマは呑み込みが早い」

「だったら、スサノヲ、ぬしもそうだ。自分が何なのか分からないと言っているが、俺にはわかる」

「えぇ、なにが」

「スサノヲも呑み込みが早いんだろ」

「じらさないで言ってよ」

「武人なんだよ。スサノヲは、武人だから、そこまで考えるんだ」

「ぶじん」

「武人埴輪とかいうものがあるって聞いたことがある。スサノヲのように腰に太刀、背にゆきを負い、鎧をつけていたが捨ててきたといっていたな、それで今まで気が付かなかったのだ。武人埴輪にそっくりだってことだ。太刀にゆき、鎧とくれば、これはもう武人以外にいない」と、興奮気味にまくしたてる。

「武人と武人埴輪と同じなの」

「武人は生きてる人のことだ。武人埴輪っていうのは武人の似姿で、粘土で武人をかたどって作ったものらしい」

「それじゃ、オシクマ、私は武人だって」

「そうよ。俺らのように野良仕事をしてるんじゃなく、敵が襲ってきた時に俺らを守るために闘う人のことだそうだ」

「それが武人」

「天に放り投げた木切れを見事に真っ二つに切り払った。俺は度肝を抜かれたと言っただろ。それに今の鷹の話、鷹が醸し出す風の動きで鷹の気配を悟り、すかさず打ち据えたのだからなあ」

「オシクマ、ありがとう。私が何者か、少し分かりかけてきた。武人かも知れないが、今のオシクマの話を元にして考えてみる。ありがとう。でも、今はそんなことより戦さの仕方を考えなくては、策が決まれば六人に集まってもらうがそれでいいね」

「山ガツの奴らがいつ襲って来るかしれたものではないから早うして欲しい」

「そうだね。でも忘れないでほしい。オシクマも長《おさ》だから策を考えておいてよ。どっちか、いい方を採ればよいだけのことなのだから」

「分かった。それじゃ、スサノヲ、みんなに代わって礼を言う、じゃなあ」と帰っていった。

16 宴

オシクマが名を挙げた六人をスサノヲは家に招いて宴を催した。

皆は息を弾ませている。三人くらいが入れるスサノヲの家だから、家が熱を帯びている。

「七人で陣を構えるには各自の持てる力を最大限に発揮してもらわなくては」

スサノヲは、オキナが調達してくれた酒肴品を前にして、それを見極めておきたいと思っていたのだ。

「今日は無礼講で、ひとつ思いっ切り皆さんで、ワイワイとやってください」と言って盛り上げた。

元より気心の知れた仲である。すぐに賑やかな場になった。戦《いくさ》の話は、あらまし話しておいたせいか、後は打ち解けた雰囲気になって、渋い声で懐かしい歌を歌いだす者も出てきて、たいそうな賑わいになった。合いの手を入れる者、炉端に木を打ちつけて拍子をとる者もいて、里の人たちにとっては、日々の仕事を忘れて解放されて、久しぶりの大宴会になった。腹這いになって栗をむしゃむしゃ食っている者もいるが、一座の騒ぎなどまるで眼中にないかのようになみなみとつがれた猿酒の枡を片手で持ちながら、目をつぶって胡坐《あぐら》をかいてじっとしている者もいる。山ガツとの闘いなどつゆほども考えずに、緊張感は弛緩してしまって。一家団らんを夢見ているのかも知れない。

興が乗ってくると、これ幸いと目上の人に食って掛かる者も出てきたり、われ関せずと隣の大男の背中に身体を預けて天井を見つめている者もいる。

スサノヲに、「太刀を抜いて見せてくれ」とせがむ者は、オシクマから先だってのことを聞いて、鉄《くろかね》の虜になったのだろう。

里の住み心地は、贅沢を言えば切りがないが、衣食住に欠けるわけではないし、労働は、多少厳しいかも知れないが、生活とのバランスはとれていると、皆思っている。若い者同士で仕事や遊びをしていれば、自然に気に入った者同士が結びつくはずだが、トラブルになってしまうケースもないではないらしい。郎女がいる者もいるが、若い者たちは、余所の地に行くこともないので、自然とこの里で暮らす者同士で結びつく事が多いらしい。

スサノヲが特に感心したことは、どのような行動をとるとしても六人がその場その場に応じて、臨機応変に対処していることだった。

狩猟生活をしている頃は、狙った獲物を、息を殺して待ち受けて、共同で仕留めていた。そういった身のこなしが血となり肉となって農耕生活になった今でも、里人の心身に染み入るように伝わっている。これなら、いかなる布陣を敷いても山ガツ一味に負けることもあるまいと安堵していた。

さらに興が乗ってくると、取っ組み合いをする者も出てきて、それを機に六人全員が二手に分かれて組み討ち合戦となって、それでなくても狭い家が壊れるかのような大騒ぎとなった。

スサノヲは端っこに避けてにこにこと眺めていた。

「おい、スサノヲ、加われ」

怒声が幾度も飛び交ったが、なおも見つめていた。

半時も続いたであろうか、スサノヲが横になると、皆は呆れたように、

「おい、おい、もう止めよう。スサノヲがこの体たらくでは興醒めだ」

と言って荒い息を吐きながら、六人は炉を囲んで改めて猿酒をあおった。

スサノヲは、目を閉じたまま六人の顔を次々と脳裏に浮かべ、二手に分かれ取っ組み合いをした際の、各自の動きを頭のなかで再現していた。やがて、

「これなら、いける」と低くつぶやいた。

宴を催す前に、オシクマには策を披露してくれと言ったが、案の定、面目ねえ、と断られた。

猪狩りみたいに落し穴をつくるのはどうかと考えたが、先頭の者がうまく落ち込んでも、「なんだ、

この野郎」と四人がいきり立って攻勢に転ずると厄介なので、これも今一つの策だ。

闇の地に土塁を築いて待ち構える。この策はどうかと考えてみたが、矢を放っても五人が束になって来るわけではないから、先頭の者を射るだけで、残りの四人が雄叫びを上げながら、土塁を乗り越えてくると、敵は山刀、こちらは石斧では分が悪い、最後の詰めができなくとも我ながらよく考えた策だなあと思える、と言ってのける。

「オシクマの考えた戦術策の説明は、前祝いを兼ねてオシクマの家でやってもらおうと思っていたのに残念だ。それじゃ、私の考えた策にするが、それでいいかどうか忌憚のないところを言ってもらいたい」

17 策

スサノヲは、闘いの場となるだろう闇の地を行ったり来たりしていた。

足下《あしもと》はどうか、周囲の灌木はどうか、と注意深く見て廻った。なによりも六人が身を隠せる切り株が道の両側に三株以上点在している所はないか、と探し回った。道幅はどこも獣道《けものみち》といっていいくらいの幅しかないから、どの地点で闘いを仕掛けてもさほど変わりはないが、弓矢は使えない。狭い場での闘いになるので、誤って里人が里人を射てしまう懼れがある。

何より気をつけなければならないのは、里の人に死びとや怪我人を出さないこと、これは是が非でも堅守しなければならない。それには、しくじった場合の逃げ道はどこが一番いいか。これは闘いの如何に関わることだが、見定めておく必要があった。そのうえで、山ガツ一味の向う脛を強打し、倒れたところを骨が砕けるまで打ち据える戦法がいいとの考えに達したのだが、その場所はどこが最適なのか、見極めなければならなかった。

百尋《ひろ》ほどの間を幾度か行き来して、ここなら、と定めた。そこら辺りの右左には、いい塩梅に切り株が四つ五つほどある、身を隠すにはもってこいだ。

道に覆いかぶさっている小枝を、山ガツ一味に不審に思われない程度に少し払い除けて、山ガツの動きが分かるようにもしておいた。

まず、最初に、切り株に身を潜めていた私が、いちばん前にいる山ガツに斬ってかかり左手首を切り落とす。

次いで、すかさず、次の山ガツも同様に左手首を切り落とす。そうすれば、残りの三人は私一人だと思い、慌てて私を取り囲もうとして右左に分かれる。その時は、どうしても潅木に分け入らざるを得ない。

そこら辺りには、河原より運んできた大きな石をあらかじめ、ばら撒いて置けば、山ガツ一味は、石に躓き、よろける。

その時だ。切り株に隠れていた一番手の里人が飛び出して、あらん限りの力を振り絞って、向う脛を棒で打ち据えて、さぁっと逃げる。

山ガツが慌てふためいて体勢を立て直そうとしている時に、二番手が飛び出し背中を殴打する。

そこまで首尾よくいけば、倒れ臥《ふ》した山ガツの反撃を用心しながら、一番手も再び飛び出して、二番手と二人掛かりで向う脛をさらに骨が砕けるまで打ち据える。

「よし、これでいい」

万が一、一番手がしくじった場合は、三番手がすぐさま駆け付け、一番手を手助けして、棒を振り回しながら一番手を逃がす。
一、二番手が逃げ延びた後は、オシクマが願っていた通り、オシクマと私とで三人を相手に闘って打ちのめす。
スサノヲはこれで抜かりはないかと、幾度となく実地で試してみた。

さて、布陣だが、左手側の一番手には、宴での六人の言動からして、フヒトのようなもの静かで冷静な人をあてれば正確に脛を打ち据えるだろう。

二番手には、元気な若者をあてれば、ここぞとばかりに背を打ち据えるだろう。うまくいった場合も、しくじった場合も、総仕上げとして、三番手にオシクマを当てておけば大丈夫だ。

問題なのは、二人の山ガツが左手に回り込んだ場合、この時は二人がかりで一人の山ガツを制圧する。私は、右手の山ガツは二人に任せ、左手に駆けつけ、もう一人の山ガツを制圧する。三人の止《とど》めは、オシクマと私で仕上げる。

「これでいいだろう」

残るはオシクマだが、真っ先に山ガツに立ち向かうと力んでいるオシクマのことだ、しくじった場合しか大いなる出番がないとなれば果たして頷くか。

18　オキナの涙

スサノヲは酒肴品のお礼方々《かたがた》オキナのところに出向いた。

「この前、オシクマに太刀の腕を試されましたよ」

「ははぁ、そうか、そうか、あいつは気が荒いからなあ」

「でも、ひとはいいですよ」

「そうだが、しかし、ちょっと考えたら分かりそうなことが、なぜ、あやつには分からないのか。弓の上手が太刀はお飾りなんてこともなかろうに」

「さっぱりしていていいではないですか」

「まあ、そうオシクマのことを取り繕《つくろ》ってやることもあるまい。そちにはわしのことを死に損ないとかなんとか言っておるのじゃろ」

「そんなこと言ってないですよ、オシクマは」

「まあ、いい、いい。いい男には変わりはない。ところで、何か話があるような顔をしておるが」

「そうなのです。神はかりで今年は山ガツ一味と闘おうということになったこと、それはいいのですが」

スサノヲは、オキナを傷つけないように心配りをしながら穏やかに言った。

「そうじゃ。そちが加わってくれたらということで」

「言われるまでもなくお世話になった里のこと、どんなことでもしたいと常日頃から思っています。山ガツ一味に勝つにはどうしたらいいのかと、私なりにあれこれと考えました」

「そうか、そうか。わしの思ったとおりの男よ、スサノヲは」

「こういうふうにしてはどうかと思いました。そのことでオキナのお知恵をお借りに来ました」

「スサノヲ、いい、いい、そちの思う通りにしたらよい。もうわしの出る幕ではない」

「不躾ですが、もしかして前の年のことを気にされているのでしたら、いつものオキナらしくないですよ。あれは神はかりで決めたことですから、責めを負うということであれば、里人のみんなにあるのですから、オキナひとりが思い悩むことではないと思います」

苦し気に顔をゆがめながらオキナが話し始めた。

「スサノヲよ、わしは恥ずかしいのだ。この歳になるまで生きてきて、いまだ人なりになれない」

「どういうことですか」

「ひとというものは、死ぬまで心安らかになれぬのではないかと思うと、何だか空しくなってのお」

「今日のオキナは変だ」

「スサノヲが思うほど、わしは強くはない」

「一体、どうしたのです」

「そちが言うように、この前の年のことは、みんなで決めたことは決めたことだが、強く言い張ったのはわしだ。オシクマなんかは口角に泡を飛ばして真っ向から食ってかかってきた。しかし、わしの言った通りに決まったせいで、あのような惨《むご》いことになってしもうた」

「あのような結末になったけれど、オキナひとりが責めを負う問題ではない、そう言っているのです」

「何度もいいなさんな。そちに言われるまでもなく里の決まりではそうなる。だがのお、わしの見通しが甘かったことで、大きな災いを里の郎女にもたらしてしまった。これだけはどうしてもなあ」

ますますオキナの顔に苦渋の皺が刻まれていく。

「これから花の盛りになろうとする郎女に、こともあろうに毒の杯を飲ませてしもうた。それというのも、心のどこかにいかなる人とも分かち合えると思っている、わしというものがおったからじゃ。わしがわしにものの見事に裏切られた」

「山ガツ一味にオキナの心が通じなかった、それだけのことだと思いますが」

「そうではない。山ガツにではない、わしにだ。人なりになれない、と言ったのは、そこのところが見通せなかったからじゃ。眼光紙背に徹すとでも言おうか」

「随分と難しいことを言われる。私には難しすぎてわからない」

「分かる時がくれば分かる」

あとは、聞き取れないほどのオキナのつぶやき、人なりになりきれない証であろうか。

ややして気を取り直したオキナはきっぱり言った。

「スサノヲ、そちが立てた策で、山ガツを追い払うことができるとわしは思う」

「まだ何も話しておりませんよ」

「言わずとも分かる。そちの考える遣り方で里を守っておくれ。そして、スサノヲ、いいか、時と場合によってはそちとて里を襲う側にもなるということ、それを忘れてはならぬ」

「なにを、なにを言われるのですか、オキナ、そんな…、むごいことを」

「わしの二の舞にはなってはならぬと言っておるのだ。心を鬼にして言っている」静かに、

「聞いておくれ。この里は、わしの親の、親の二つの家族がここに住み着いたことによってできた。その時に取り決めたのが、なにごとによらず皆でやる。

誰かがこうしようと言ったことは、神はかりを開き、話し合って決める。そして、決めたかぎりはそれが掟となるので破ってはならぬ。

食べ物は皆で分け合う。野良仕事は、巧みな者が手本を示しながら、みんなが出来るようにしていく。魚取りも鹿狩りも猪狩りもそうである。

最後に、これが最も難儀なことだが、よその家のことには口出ししないこと。

今、里の家族は七家族になっているが、元をただせば、どちらかの親の、あるいは親の親の子ということになる。三十二人がひとつの家族といってもいい。こんなところで、血なまぐさいことなど起きようがない。わしが前に言ったように、小さな揉め事はあるにはあるが、痴話喧嘩の類くらいに思って、皆な楽しんでいるくらいだ。それにここを飛び出しても、野垂れ死にするか、山ガツ一味に殺されるかくらいのことは誰れもが承知しておるのじゃ」

「私もだいたいのことは分かっていました」

「これから言うことは、スサノヲよ、よく考えておくれ。よいかな」

「わかりました。なんでしょうか」

「里の成り立ちから話を始めたのは、わしは何時の間にか里を通して、ひとを見るようになっていたことを言いたかったからじゃ。そこに大きな陥穽《かんせい》があるのに、今まで気づかなかった。三十二人の里人を通して見えるひとと、わしがわしの目で見るひととは当然のことながら違う。山ガツを三十二人の目でしか見ておらず、わしの目では見ておらんかった。わし自身の目でしかと見定めなきゃならんかったのに」

「オキナ、それはオキナご自身の目とわたしらの目ということですか。その二つの見方に大きな違いがあったということでしょうか」

スサノヲは唸るように言った。

「スサノヲ、里のことはもういい。郎女のことは、わしは死ぬまで背負っていく。闘いが終われば、山ガツもそちの御蔭でもう襲ってくることはあるまい」

困り顔のスサノヲは、そのままオキナの話を聴くことになった。

「スサノヲよ。そちに里での暮らしを勧めたのは、わしの目でそちを見定めたからじゃ。それを里のわしらの目で見ていたら、どうなったと思う。どこの誰とも分からぬ者を里に入れれば厄介ごとの種となる。関わりを持たぬことに越したことはないということになっていただろう。どうじゃスサノヲ」

「そうですね。里の総意とオキナの思いとは、同じ場合もあれば、そうでない場合もあるということですね。オキナの目とオキナを含めた里の目とを、十分に考え合わさないといけない。こういうことですね」

「その通りだ。そちの目で見て、名に込められた通りのおのこになったかどうか、しかと己《おのれ》を見定めるのじゃ。くれぐれもわしの二の舞になってはならぬぞ」

「オキナ…」と、のどを詰まらせるスサノヲ。

最後に、もう一つ、いいかと、健やかな目でオキナは言った。

全身を緊張で強張させているスサノヲ。

「ユヅリハの御子のことじゃ。もう察しておろうが、あの子は山ガツとの間にできた子だ。赤ん坊が産まれた時、神はかりで、肥河《ひのかわ》に流すことに決めたのだが、ユヅリハは気が触れたように泣き叫び、ひしと赤子を抱きしめて、家の隅に蹲《うずくま》ったまま、ぴくとも動こうとはしなかった。

『吾が児、吾が児』

と、温和《おとな》しいあの娘が大声で泣き叫びよった。その声は里中に轟き渡った。無理やり赤子を取り上げようとしたが、無駄だった。三日三晩、赤子に乳を与えながらユヅリハは隅に蹲ったまま泣き叫んでいた。

そのあとは、ふっと物の怪が落ちたように赤子を抱きしめて、家を出ていった。ユヅリハが里を彷徨《さまよ》う姿に、わしらはどうすることもできなんだ。

初めて掟が破られたということじゃ。神はかりの決め事がユヅリハの個に負けたというわけだ。もう、こうなればユヅリハに任せる他あるまい。気の済むようにさせるしかあるまいと思わざるを得なかった。そんなわしらをあざ笑うかのように、天がユヅリハに味方したといおうか、月が中天にかかる頃、月を背にしたユヅリハは、もう天女といっていいほどの神々しい姿だった。

たおやかに舞うユヅリハに、時の流れの止まったなかに長い間立っておった、縁《えにし》たるわしら。ようやく、月が西に傾くころになると、月明かりの下、赤子に乳首をふくませたままユヅリハは、静かにフヒトのもとに帰っていった」

「そうでしたか」

「わしはユヅリハに会う度に、身のすくむ思いがするのじゃ。この前も、それとなく様子を見に行ってみると、たおやかに微笑んで、お湯をどうぞ、オキナさん、お変わりなくてなによりです、と言われ、返す言葉もなかった。フヒトに似てほんに気立てのいい娘だ。それだけに余計に心が痛む」

里のために戦陣を切って闘うのは、また、ユヅリハのためでもあるとの思いに駆られるスサノヲ。

19　風雲急を告げる

スサノヲはオシクマに小さな子を除いて里の人を一人残らず集めてもらった。

スサノヲは言った。

「お米の取り入れが終わった。間もなく山ガツ一味が現われるかと思われます。三度目の正直ということで、里の人が全員力を合わせて追い払うことになりましたので、闘いの仕方についてお話しします。よく聞いておいてください。

私は、鉄《くろかね》の太刀で闘います。皆さんもそれぞれ弓矢や石斧をお持ちですが、弓をつかえる場所がありません。また、石斧では山ガツの山刀に立ち向かうには不利です。

そこで、腕くらいの長さの頑丈な棍棒を五本用意してもらいます。さらに、こぶし位の石を河原よりたくさん運んでいただきたいのです。

小石は、私が言う処にばらばらと置いてください。山ガツが躓《つまづ》くようにするためです。棍棒は闘う五人の方の武器です。石に躓《つまづ》いて慌てる山ガツの向う脛を骨が砕けるほどに打ちのめすのに使います。

先頭の山ガツと二人目の山ガツの左手首を私が切り落とします。三人の山ガツは、歩くのに難儀になる。こうしておけば二度と襲ってくることはないでしょう。

用意が整い次第、五人の方は朝から夕方まで闘いとなる戦場で過ごすことになります。

オコリには穀物倉の脇に聳《そび》えている木に登って見張りをしてもらいます。闘いの始まる時刻と同じうにして、手にした竹筒を叩いてください。オコリ、準備はいい。

これを合図に全員急いで河原に行き身を隠して闘いが終わるまでじっとしていてください。

これで、あらましをざっとお話しましたが、最後に私が強く言っておきたいことは、みなさんから死びとや怪我人を絶対に出さないこと、それがもっとも大事なことです。それでは、ご意見やご質問がおありの方は何なりとおっしゃってください」（スサノヲは、後ろの方で身を隠すようにして赤子を抱いたユヅリハが、俯き加減でじっと見ているのに気づいていた）

「よおし、それでいい、それでいい。山ガツに間違いなく勝てるのだなあ、スサノヲ」

おお！　おお！　おお！

「私は、里の人が一人残らず力を合わせて闘えば、山ガツを追い払い、二度と里を襲うことのないようにできると思っています」

おお！　おお！

「もう一度言います。私の役割は、里人の一人とて死なせはしないし、傷を負わせることもさせないようにすることだと思っています」

念を押したのがよくなかったのか、今まで意気軒高の里人たちであったが、虫がよすぎるといった雰囲気になってきた。

「里のものに死人も、怪我人も出さない。そんなにうまくいくのか」

という声があがった。すると、

「山ガツを打ち負かすことができるなら、いっそう五人とも殺してしまった方が後顧の憂いがないってもんじゃないか、スサノヲ」

「そのことです。皆さん、よくお聞きください」

と言いかけると、オキナが口を開いた。

「わしは思うのだが…」といった途端、

「じじいは引《す》っ込んでろ！」

どら声が飛んできた。オキシクマだ。オキナは、何事もなかったかのように話を続けた。

「どう考えても、ひとがひとを殺すのはいけない。なぜだか、わしも正直なところよくはわからないが、殺すのと痛手を負わすのとにはやはり大きな違いがある。死はその人からその人のすべてを奪い取ってしまう。が、痛手を負った者は神の怒りに触れた、一から出直そうと思ったりすることもある。そこに大きな違いがあるのじゃないのかのお、皆よ」

「私が言おうとしていたことをオキナが言ってくださった。山ガツの二人は手首を切り落とされた。三人の足は骨が砕けた。これ程の深手を負ったら二度と里を襲うこともできないし、もしかしたら、狩りの暮らしができなくなって、皆さんと同じような道を歩もうとするかも知れない」

「でもなあ、前の年、娘たち、年端もいかない子どももいた。娘たちの気持ちも考えてみろ」

オキナが意見を述べたのもかえって藪蛇になったようだ。不穏な空気が漂い始めた。

ここで踏ん張らなくては、里人たちによる総力戦は難しくなる。

スサノヲは詭弁を弄してはかえってまずくなると思い、率直に言った。

「私には傷ついた郎女たちの心の奥底まで推し量ることはできません。月並みな言葉になりますが、たいへんお気の毒だったとしか言えません。でも、ただ、ひとつ、これは間違いなく言えることがあります。ユヅリハさんの毅然としたお姿を今一度、見てください、お願いします。そこにおのずと答えがあると思います。ユヅリハさん、お名前を出してしまいましたが、許しください」

沈黙が辺り一帯を覆う。

朝焼けの空が碧空へと変わっていった。

かつて、地が裂けるようなユヅリハの悲痛な声が三日三晩里中に響いたのは、空耳であったのか。

こたびは、嫋嫋《じょうじょう》たる声が里人たちの胸元へと響いていった。

「スサノヲさんにお任せしましょ」と、凛としたユヅリハの声。

おお、おお、と、再び、一同の声。

Ⅲ　山ガツとの闘い

20　総力戦

　里の人たちは、その日のうちにスサノヲが指し示す場所に大きな石をばらばらと置いた。夜が明けて、早朝のうちに五人の里人《さとびと》はスキと食い物を持って闇の地に向かった。スサノヲの食物は、フヒトの妻が用意してくれた。

　あくる日には、握る部分を少し細めにし握り易くした、棍棒が出来上がったので、各自その棍棒をもって出かけた。

　闇の地に着くと、スサノヲは、

「決して立ち上がらないで、腹ばいになって切り株に身を隠したまま、私の話を聞いてください」

と静かに言った。そして、

「山ガツが現れたら私が一言、『来た』と低くいう。みなは声を出したり慌てて音をたててはいけない」と二度繰り返し言った。

　道の右手側には、スサノヲを含めて三人が、左手側にも三人が身を潜めた。

　案の定、オシクマは一番手だ。スサノヲとともに飛び出して、山ガツを打ちのめす、と言い張ってきかなかった。

これは総力戦だから、里人《さとびと》が一体となって山ガツを倒すことに意味がある。まして一人たりとて死人《しびと》は無論のこと、怪我人を出さずに闘うには、オシクマが左手のオサとして、音頭をとって闘うことによって、はじめて成し得る闘いなのだ。

そんな大切な役はオシクマでなければ務まらないと持ち上げ、なだめすかした。そして、これ以上言い争いをしていて、そこに山ガツが現れたら総崩れになるぞ、と脅しておいた。

ぶつぶつ言っているオシクマを尻目に、みなに向かうと、

「打ち合わせ通りに一度やっておこう。いいですか、山ガツが現れる。ここぞと思う時に私が先に飛び出して、先手の一人の手首を間髪を容れず切り落とす。そして直ちに二人目に向かう」。残りの三人の山ガツは、押《お》っ取《と》り刀《がたな》で、私を取り囲んで応戦しようと慌ててしまい、右手の側に私がいるので、右手の方に二人、左手に一人と分かれるだろう。

しかし、道なき道の狭い道だから灌木帯《かんぼくたい》に入り込むことになる。すると、石に躓《つまづ》きよろける。そこを一番手がすかさず飛び出し、向こう脛を思い切り棍棒で殴りつけ、さっと逃げる。次に二番手がここぞとばかりに飛び出し、痛みのために窪んだ背中にこれまた思い切り一撃を加える。

山ガツがよろよろとしているところに三番手が最後の止めの一撃を加える。

山ガツの片足が折れたら、それ以上の手出しはしないで逃げる。

「いいですか。それ以上の手出しはしないで、必ず一目散に逃げてくださいよ」

山ガツは、二人の手首が切り落とされるのを目の当《ま》たり《あ》にしているから、戦意を喪失していると思われるが、万に一つ、死にもの狂いで立ち向かってくるかもしれない。鹿だって手負いになれば恐ろしい。いいですね。この場合は、一目散に逃げてください。オシクマと私で残った三人を相手に闘います」

スサノヲは、オシクマに一瞥すると、再び、みなに向って、懸念していることが一つある。

「いいですか、肝心なことを説明しますからよく聞いて下さい。左手側に二人、右手側に一人かも知れないこともあるのです。ですから、ここが思案のしどころです。その場合は、右手の一番手と二番手の二人は力を合わせて山ガツの脛《すね》を強打してください。私は、急遽左手に駆けつけて、もう一人の山ガツに立ち向かう。そしてこの二人の背中を殴り付けるのが三番手です。オシクマ！あなたの出番です。二人を相手にするのだから、こんな大変な役はオシクマしか務まらない。オシクマは勇猛だから心配ないですね。そうだろう、オシクマ！」

脇役で機嫌を損なっていたオシクマは、いつもの磊落《らいらく》なオシクマになっている。

オシクマ！　いいな、二人を相手に、場合によっては右手側の一人も加わることになれば、三人を相手に闘うことになるが、よもや負けることはあるまい。そうだろ、オシクマ！」

「スサノヲは休んでいてくれ、俺一人で三人ともやっつけてやる」

すっかり元の調子に戻っているオシクマだが、釘を刺しておくことも忘れないスサノヲは、

「オシクマならやれると思うよ。だが、オシクマ、里人と山ガツとの総力戦だよ。一人ひとりがわが手で我が里を守るんだ。皆が力を合わせれば、いかなる困難にも打ち克つことができるんだ。

オシクマなら、総力戦がいかに大事なことぐらい、よく分かっている、そうだね」

「わかっているともスサノヲ、そう何度も同じことを言わなくってもいい。スサノヲに二人の手首を打ち落とすのにしくじってもらいたいぐらいだが、なにせ太刀捌きを見ているからなあ」

機嫌が直ると、相変わらずのオシクマだ。場の緊張がほぐれる中、最後の最後にもう一つ、皆に言っておかなければならないことがある、と付け加えた。

「実際の闘いともなれば、鹿を弓で射るのと違って、オコリの耳をご覧になっているとはいえ、目の前で、私たちと同じ身体《からだ》から同じ赤い血が飛び散って、肉がじくじくはみ出す、それを覚悟しておかなければ、驚きのあまり手元が狂ったり、うろたえたりしてしまう。そうなれば、勝ち負けとて、どうなるかわからなくなる。そこのところをしっかりわきまえて臨んで欲しい。いいですね」

オシクマは鼻をひくひくさせている。二人で闘うことになるのを望んでいるのが見え見えであった。

21　時は満つ

明くる日は、終日、何事もなく過ぎた。

夕方になり、それぞれが家に引き上げることになった。

「なにをもたもたしている、早く出てこい」

と、武者震いする者もいた。スサノヲは高揚している五人を見て安堵した。

その翌日のことだった。

遠くの方から笑い声がかすかに聞こえてきた。ざわざわと小枝を掻き分ける音も聞こえてくる。

「来たぞ！」

スサノヲは低く言った、その場に緊張がさっと走る。

五人は棍棒を握り締め、切り株に身を隠し、腹這《はらば》いになったまま息を潜めた。

次第に笑い声は高まってくる。

スサノヲは太刀の柄に手を掛ける。

勝負は瞬時にして決まる。気の流れを読まなければならない。

灌木帯にしじま、静寂が灌木帯の一帯を支配している。山ガツだけが異質の音を立てている。

ややして、先頭を歩んでいた山ガツが殺気を感じたのか、斜め前方にぬっと立ちはだかった。一瞬、気の流れが止まった。

時を置かず、スサノヲは、満を持して飛び出すと、早や、山ガツの左手首を切り落としていた。血しぶきがあがると同時に、唸り声が響きわたり騒然となった。スサノヲは太刀の柄で男を押しやり、二人目の男を左の方より袈裟斬りにしていた。

残りの三人は泡を食って、「ひい」と声にもならぬ声を上げ、ばらばらと灌木帯に右手側に一人、左手側に二人が分け入ったが、石に躓きよろけている。そこを手はず通りに、待ち受けていた一番手に、向う脛を嫌と言うほど強打された。

スサノヲは袈裟斬りにした男の首筋から血がとくとくと流れ出ているのを、そして白い骨がむき出しになっているのを茫然と見ていた。

はや息はない。血だまりがどす黒く、渦を巻いたように地面を這っている。

手首を切り落とされた男はひいひい言いながら転げまわっている。

スサノヲは、「しまった」と小さく叫んで、転げ回る男の哀れな姿を見つめていた。

「なんてことだ。殺してしまった」

私の手は穢れた。まだ、総力戦は始まっていないのだ。やがて、引き攣った顔で、手首を切り落とされた男が震えながら、振り向くこともなく一目散に逃げていった。

スサノヲがぼんやりとその姿を追っていると、

「やめろ、フヒト、スサノヲの言ったことを忘れたのか」

怒りを露《あら》わにしたオシクマのどら声が飛び込んで来た。

我に返ったスサノヲは、右手側の山ガツを二人に任せ、慌てて駆け寄ると、フヒトが呆《ほう》けた面持ちで執拗に男の頭を棍棒で殴りつけていた。頭は割れ、血と混ざりあった脳漿が辺りに飛び散り、眼球は飛び出ていた。スサノヲは、すぐさま止めろとは言えなかった。

フヒトはスサノヲに気づいたようであるが、それでも、ゆるゆると殴るのをやめなかった。

オシクマは顔を真っ赤にしながらフヒトを見ていた。押さえ込まれていたもう一人の男は顔色を失い、小刻みに震えていた。震えるたびに膝から血が噴き出し、脂の混ざった饐《す》えた臭いを辺り一面に放っていた。

我に返ったスサノヲはフヒトから棍棒を取り上げた。そして、

「フヒト、もういいだろう。そっちの男は、放してやれ」

と憮然とした面持ちで言い放った。

男は折れた足を引き摺るようにして、二、三歩行っては倒れ、立ち上がろうとしては倒れて、よろよろしながら逃げて行った。右手側に回った山ガツも突然の修羅場に驚愕しながら、よろよろと逃げて行った。

フヒトはその場にへたり込んだままである。

勝どきを挙げる者とていなかった。

22 別れ、それとも新たな旅立ち

来る日も来る日もスサノヲは家に閉じ篭っていた。

オキナが来ても黙り込んでいた。

オキナは悲しそうな目でスサノヲを見つめていたが、思うようにいかぬのが世の常と言いながら帰って行った。

オシクマが暢気そうに、

「どうだい、もうじき里総出で鹿狩りに行くのでぬしの弓の腕、みせてくれよ」

と、家に入るや、鹿狩りの話をしだしたが、黙り込んだままのスサノヲ。殺伐とした雰囲気に気が滅入ってしまって、それ以上、何も話さないままオシクマは帰っていった。

ユヅリハは、赤子が産まれるまでの十月十日の間、家の隅でじっと黙りこんだまま座っていたらしい。

無明の闇に覆われた家の中で、一方では、これからの生活と労働という現実に身を置きながら、他方では、お腹の子との語らいに明け暮れて、悠久の時の流れに身を置いていたのだが、私とて、野にあった時は、風の動き、飛び跳ねる魚の動き、雲の流れをしかと見据えて、自然というかけがえのない悠久の神の恵みに親しんでいたのだった。

それなのに、どうして私はあの者を袈裟斬りにして殺してしまったのだろうか。私の手は穢れた。肥河の源で拭っても拭っても手が清らになることはあるまい。思案に余ったスサノヲは、ユヅリハを訪ねていた。

気まずさがフヒトとの間に流れた。

「フヒト、しばらくぶりです」

「そうだね、スサノヲ」

（里で起きたことは何事によらず、里人たちは皆、知っている。それがいいのか悪いのか、スサノヲはもう分からなくなっていた。これがいい方に働けば申し分ないが、悪い方に働けばどうなるのか）

「今日はユヅリハさんにお訊ねしたいことがあって参りました」

「そうですか、それなら、わしは出かけるとするか」

と、フヒトが立ち上がろうとするので、スサノヲは、

「いいえ、このまま居ていただいていい」

「そうですか…」

フヒトも思わぬ行為に出てしまったが、私と同じように気の晴れぬ日々を送っているのであろう、とスサノヲは自省するのだったが、スサノヲは自身の心の安寧をただひたすら願っていたせいか、フヒトとユヅリハの関係に配慮する余裕はなかった。スサノヲは、どうしてもユヅリハに聞いておかなければならないことを率直に問いただすのだった。

「ユヅリハさん、私はあなたのように赤ちゃんが生まれるまでそんな長い時をかけて考えることなどできないのです。どうしたら、そんなに長い時間、考えていられるのでしょうか。教えていただければうれしいのですが…」

「なんですの、改まって。文武に長けたお方に私のような者がお教えすることなんて何もございません」

「私の太刀が私の意に反して自然と動いてしまったのです」

「先の戦さ（総力戦）のことですね」

「太刀が自然と動いて、男を袈裟斬りにしていたのです。気がついてみると、男は死んでいたのです」

「太刀は身を守るためにあるのですから、それでいいと思いますよ」

「そうだといいのですが」

「だってそうでしょ、そうでなければあなたの方が切り殺されていたかもしれないではありませんか」

「でも、そんなことをしていたら、殺し殺される関係が永久に繰り返されるのではないでしょうか。永遠に続いていくことになります」

「スサノヲさん、わたしはあの人との間にできた子をこうして育てているではないですか」

「そうですね。それは確かなことですね」

「生あるものは、必ず命を絶たれる。でも、死んでもいのちは繋がっていると思うの」

「山ガツを切り殺したことと、山ガツの子を宿すこととは別だが」

「なにを言っているの、スサノヲさんは。いのちは何ものにも替えがたいと思っておいで」

「そうです。太刀で殺してしまったいのちは何ものにも替えがたいいのちだった」

「てて（フヒト）にしても棍棒が自然と動くままに幾度も振り下ろして、いのちを絶ってしまった」

　そのとき、フヒトが口を出そうとしたが、ユヅリハは、

「スサノヲさんとお話をしているのだから……」

と穏やかに言って、フヒトの口を抑えたような格好になった。

「手首に、と決めていたのに」

「てても同じだったのではないかしら」

「私は、山ガツを袈裟斬りにしてしまった。フヒトも、山ガツの頭を打ち据えたのでは、死んでしまうとお分かりだったのに…」

「スサノヲさんが手首を、ててが向う脛を…。そうだったら、誰一人として死ななくてよかったかも知れないわ。嫌なこと言いますが、お許しください。スサノヲさんだって、あと五十年もご存命かしら。わたしたちが口にしているお米にしても、鹿にしても、栗にしても、いつまでも果

てることがないのなら、里には食べ物が溢れに溢れ、身動きもできなくってよ。スサノヲさん、肥河のお魚、とても美味しかった」

不意打ちをくらったかのように、スサノヲは、ただただぽかんと放心していた。

「生まれ、死んでいく。それが定めということではないかしら」

スサノヲは、なおも黙りこくっていたが、意を決したかのように言った

「今のお話を聞いていて、思ったのですが、ユヅリハさんは、死にも意味があると、お思いなのですね」

スサノヲは遠慮がちに尋ねた。

「どなたもお亡くなりにならないで、ずっとずっと生きつづけておられたら、どうしましょう。ひとの溢れた世になって、おぞましくないですか」

真に怯えた面持ちで、ユヅリハは消え入るような声でつぶやいた。意表を突かれたスサノヲは、ごくりとつばを飲み込んだ。

ユヅリハは、物静かに宙を見ながら続けた。

「生き死には、生あるものの定めではないかしら。もし死がなければどうなると、スサノヲさんはお思いかしら。死をいただくから、わたしたちはそれまでは精一杯生きていこうと思うんじゃないかしら。それというのも、わたしたちは、生と死という、大きな自然の流れのなかで、渦巻きながら離れたり合わさったりして生きている。みんな、心の底ではそんなふうに思っているからじゃないかしら。この子を宿した時、私はそう思ったの」

スサノヲが突然、

「私が殺してしまった人も、その自然の大きな渦の中にいるということですか」

「わたしは、そう思うわ。スサノヲさんに命を絶たれた人も、この子のように生まれ変わって、大きな渦の中にいる、この天空の中にいるのが、わたしには見えるのです」

「私が殺してしまった山ガツ。あなたの赤ん坊が、その山ガツの生まれ変わりだと言われるのですか」

「そうかも知れないし、そうでないとも言えます。誰であってもかまわないのです」

スサノヲは、返事に窮してしまったが、

「『死が新たな生を得て蘇る』、もし、そうであったにしても、私にはそれが見えない」

「スサノヲさんは、飛び跳ねる魚を一度たりともはずすことなく射止める、そのようにフヒトから聞いておりました。それは気の流れを読んでおられるからだと、わたしは思うの。気の流れがお見えになるお方なら、わたしがお話している命の流れもお見えになってよ。ご自分でお気づきになっておられないだけではありませんか。赤ちゃんのててが誰であろうとも大きな命の流れのなかでは、そんなことは、どうでもいいことじゃなくって」

「そうかもしれませんが、今の私にはわからない。ただ、ユヅリハさんが命の流れのなかでたゆたっておられることは分かります。たおやかにみえて、やはり私が思っていたように心の強いお方だ」

「そうかしら」

「太刀を持った手が自然と動き、山ガツを袈裟斬りにしたのは、どこかで死は蘇ると思ってそうしてしまったのかもしれません。もし、そうだとすると、闘いにあたって、里の人にくどくどと山ガツを殺してはならぬ、と無理強いしたのはお門違いだったのかも知れません。闘いとは、命の遣り取りです。いくら御託を並べても、本来そういうものです。私も、オキナと同じ罠に陥ったということかも知れません。

こうして、ユヅリハさんのお話をお聞きしていていると、肥河の源《みなもと》に行こうとしているのは、そこに自然の摂理というか、大自然の命の渦があると思っているからかもしれない」

「ご自分お一人で納得なさろうとしないで、わたしにも、皆にも教えてくださいませ」

「オキナは、今なお、苦しんでおられる。ご自身の目で見ないで、里の人の目で見ていたので、郎女たちを酷いめに合わせてしまった。死ぬまで責めを負っていくと涙ながらに言われていた。特にユヅリハさんに対しては、ご自身の責任だと、はっきり申していました」

「わたしのことは構いません。スサノヲさん、これはオキナと同じような罠に陥ったといえるのでしょうか。わたしには独りよがりに見えますが」

「私もこたびの闘いでは、私の目ではなく、里の人の目で見ていました。すべてを丸くおさめようとしたのですね」

「八方美人のスサノヲさんですか」

「はっはっは、ユヅリハさんにはかなわない。あなたは太刀もないのに私を切っておしまいになる。でも、切られてうれしいですよ」

「わたし、そんなこわい女ではありませんよ」

フヒトは罠に陥ることなく闘っていた。山ガツの膝を殴打しているうちに、ユヅリハの仇を討ち果たしたい衝動を抑えきれなかったというだけのことだったようだ。

スサノヲは帰り際に、小声でフヒトに頼んだ。

「フヒト、里の皆さんに伝えて欲しいのだ。暖かい心根の里の人たちのことは、誰ひとりとして生涯忘れないと、スサノヲが心から言っていた」と。

あくる日、スサノヲの姿は里のどこにもなかった。

23 気配

スサノヲは手に記した印を見た。三つある。里を出てから三日が過ぎたということか。肥河沿いの、道ともいえない藪の中を辿って川上に向かって進んできた。川幅もかなり狭くなっている。船通山も全容を現してきた。もう一息である。

その時だ、人の気配を感じたのは。足を止め、木々の隙間から前方を窺うと、三人の男がいる。一人の男には左の手首がない。

疑念が過《よ》ぎった。あれは山ガツではないのか。火を熾《おこ》し夕餉の支度をしているらしい。

スサノヲは途中に大きな木があったのを思い出すと、そこまで後戻りすることにした。百尋《ひろ》ほど戻ることになる。ここなら十分に身を隠すことができる。仕留めた魚はそのままにして、木切れを集め火をつけると横になった。

望月が東の空から昇ってくる。月の横には、一際《ひときわ》明るい星が輝いている。山ガツのことは夜が明けてから考えることにして、じっと夜空を眺めていた。

里で起きたいろいろな事象が頭の中を駆け抜け、それが一つの流れとなって天空の彼方へ飛翔していった時、「あぁっ」と思って、目が覚めた。

天の川もこんなふうにして流れているのだ。

日頃、天の川を眺めた時は、なんとはなく懐かしい気になるのは、そこに大自然に投影された己の姿を見出すからではないだろうか。

個々の人々の命は、断ち切られたように見えても、天空ではこのように繋がっている。ユヅリハのいっていた「いのちの流れ」だ。個々の人びとの間では、敵対する関係であっても、どこかで繋がっているのだ。

月が中天に懸かる頃、スサノヲは遅い食事をとった。用心のため、少し寒かったが、火は落とした。

24 避けて通れぬか

朝日は、淡い光を放っている。川面に朝霧が立ち込めている。

肥河の源に行くには、山ガツ一味がいる川沿いを避けて迂回してもいいとは思ったが、山に分け入り食べ物を手に入れながら源に辿り着くのはなかなか難儀なことに思えた。スサノヲはこのまま肥河沿いに遡っていくことにした。

昨日来たところで辺りを窺うと、山ガツ一味が火を囲んでぼんやりとしている。

やはり思った通り、二人の男は片足が不自由なようである。

側には鹿が転がっている。煮炊き用の土器もある。ねぐらにしている天幕であろうか、四隅に頂で束ねた木を立て、地に打ち付けた杭に結び付けてある。つなぎ合わせた鹿のなめし皮で全体を蔽っている。

気づかれないように歩を進めて、広場の手前の藪を掻き分けて、山ガツ一味の前に姿を見せると、すぐさまスサノヲは旅人を装って言った。

「皆さん、私は旅の者で、スサノヲといいます。肥河の源に行く途中です」

「何を！」と、呻《うめ》くような叫びを挙げると、すかさず立ち上がり、一人は右手に、一人は左手に回り、三人とも山刀を持ったまま、ハッシと、スサノヲを睨み付けてきた。

「なあに、皆さんの横を通っていくだけのことです」

平然と口にしたスサノヲを左手首のない男が穴のあくほど凝視していたかと思うと、「ああ、こやつだ」と、その場にへなへなと座り込んだ。

「なに、なに」

残りの二人も狼狽し出した。

「里の武人だ。俺らをこんな目に遭わした武人だ」

「おう、おう」

「手向かうな、やられるぞ。おれはやつの太刀捌きを見ている」

「うう」

と声にならぬ呻き声が聞こえる。

「目にも留まらぬ早技だ。とてもじゃないが、俺らの手に負える相手ではない」

スサノヲは、その場を覆っている緊張を解きほぐすかのように、にこにこしながら穏やかに言った。

「皆さん、私はあなた方を追って来たのではない。先ほど言ったように、肥河の源に行くには、皆さんの傍を通らなければ行けない。思い出して下さい。あの時、命を奪うこともできたのに、私はそうはしなかったではないですか」

「そうだが、仲間がやられた、二人もだぞ。で、で、なんの用だと。肥河の源に行くって。たわけたことを言うな」

「肥河の源の水を飲みながら考えたいことがあるのです」

「俺らを誑《たぶら》かしているのか」

「何もそんなつもりではありません」

「じゃ、なんだ」と、大分と落ち着いた口調になってきた。

「そこには砂鉄があるのです。砂鉄で鋤《すき》や鍬《くわ》をつくるにはどうしたらよいか、考えてみたいのです」

「なんだ、そんなことか」

「そんなことって」

「だから、そんなことのためにわざわざ行くのかってことよ」

「そうですが、おかしいですか」

「おぬしの技は凄いが、そんなことも知らないのかって、呆れているのさ」

「どういうことです」

「その造り物よ」

「それがなにか」

「おぬしが俺たちを殺《や》らないと、言ってくれたら教えてやってもいい」

「殺《や》るもやらないもない。あの闘いは、皆さんが二度と里を襲うことのないようにする闘いでした」

「なにをほざく。だったら、オサカリとイサミをなぜ殺した」

「オサカリって、あなたの後ろにいた人ですか」

「ああ、そうだ」

「なぜだかわからない。あなたのように左手首を切り落とすつもりだったのが、なぜか自然と手が動いて、気がつくと、オサカリさんを袈裟斬りにしていた」

「ふうん。訳も分からず殺したということだな」

「申し訳ないと思っている」

スサノヲは頭を下げるしかなかった。

暗雲が垂れ込めて、スサノヲは、逃げを打とうかと思案しだした頃、突然、どら声で、

「読めた。俺がなぜあんなに震えが止まらなかったのか。おぬしは生まれながらの武人だからだ」

「そうなのですか」

「おぬしは、自分のことが分かっていないようだが、俺たちは獲物を追って山野を駆け巡っているから、ようくわかるんだ。狙った獲物だって、そうそう獲れるもんじゃない。鹿にしろ猪にしろ命がけだからな。俺たちをうまく巻くんだ。猪はちょっとでも油断すれば、反撃してきてこっちがやられる。おぬしは、身体そのものが太刀だから平気でいられるのよ」

「恐ろしいですね」

と、おどけて見せると、

「武人がなにをほざいている」

といってから、突如として、

「おもしろい奴だ。わっはっは」と笑い出した。

残りの二人も笑ったので、座は打ち解けた。

「朝餉、まだなんだろ、今、鹿の肉、煮るから存分に食ってくれ」

「じゃ、私は魚を獲ってきますから、それも食べましょう」

「気安く請け負っていいのか」

「魚はじっとしている。矢の速さと魚が逃げ出す速さを考えて、矢を放てば造作のないことです」

「へえ、そうなのか」

「日の沈む頃の方がもっと簡単です。その時分は魚はよく飛び跳ねている。反転する時は動きが鈍くなっているので、そこを狙らえばいい」

「ふうん、そうか、なるほどな。それで射損じたことは」

「ないです」

「やっぱりな、俺たちが束になっても勝てる相手ではなかったということか」

「そんなことより、さあ、さあ、四匹獲って来ます」

肉のぐつぐつ煮える匂いと魚の焼ける匂いとが混ざり合って辺り一帯に漂う。

「楽しいですね、こうして皆さんとわいわい言いながら朝餉をとるなんて」

「二人がいなくなってからというもの、何もやる気が起きなくてなあ。干し肉で食いつないでいたが、それもなくなってしまって、先頃やっと狩りに出掛けた。でもなあ、今までの遣り方ができない。そこで、足のままならぬこいつらを木に登らせ弓を曳いて待ち構えさせておいて、そこに俺が鹿を追い立てていくのよ。それで射止めたのがほれ、これよ、情けないことだ」

「それは、それは」

「なにがそれはそれはだ。まあいい、この一頭がもたもたしていたからこいつらでも仕留めることができたってことだが、これで曲がりなりにも狩りができるって、正直なところほっとしている」

「申し訳ないことで、この通りです」

「ああ、いいって」

「ところで、皆さんは獲物を追って行かないのですか」

「そうしたいところだが、三人とももう少しこの体に慣れなくちゃなあ。まだ鹿もこの近くにいることだし、当分ここにおることにした。それに他にもしたいこともあってよ、ここを離れられないのよ」

スサノヲは話の流れに合わせるように、

「なんです。それは」

「山刀や矢尻をつくって、とっ替えっこするんだ」

「山刀や矢尻をつくるのですか。そんなこと、よくできますね」

「なあにどうってことはない。一度覚えればなあ、サソリ。ここには素になる砂鉄が山ほどある」

「ここでも砂鉄がとれるのですか」と、とぼけて見せた。

「そう言やおぬしも肥河の源に砂鉄がどうとか言っていたな」

「そうです。ここら辺りでも砂鉄が採れるのだったら肥河の源ではもっと沢山とれるみたいです」

「源まで行かなくっても、その辺りの砂をかき回してみろ、黒い粒々がぎょうさん混ざっている」

「里では石斧や鋤の刃は磨いた石なのです。だから、それを砂鉄でできないものかと」

「俺たちは山刀をつくることにしているが、山刀と同じことで、それで鋤の刃をつくったらいいだけのことだ。なあ、サソリ」

どうやらサソリといわれた者が知っているようだが、サソリは黙ったままである。

「砂鉄から鋤の刃を造ることができるのですな」

「スサノヲだったな、おぬしも人の話をまともに聞いたらどうだ」

「ちゃんと聞いてますよ。でも」

「でも、なんだ」

「こんな粒々の砂鉄から山刀や鋤の刃ができるといわれても」

「そこの大きい炉を見てみろ。煮炊きしている炉と違ってるだろ」

「あれですか、あの背の高いのが炉なんですか」

「周りを粘土で囲ってるだろ。タタラだ。あれで鉄《くろかね》をつくる」

25 謀りごと

三人の山ガツは砂鉄から鉄《くろかね》をつくる遣り方を承知しているのは間違いない。スサノヲは何としてもつくりかたを聞き出そうと思って、

「どうだろう、二、三日居させてくれないだろうか。鹿狩りを一度やってみたくなったもので」

「そうだな、別に構わないけど、その代わり、鹿を何頭も獲ってくれよ。おい、どうだ」

「心強くて、ええかもしれん」

別の男がやっと口を開いた。

スサノヲがほくそ笑んでいると、

「おれはヌメリっていう。この半端もんがサソリ、今しゃべっているのがおれたちの長《おさ》で、スナメリっていうんだ。よろしく頼む」

と言葉を続けた。

「こちらこそよろしくお願いいたします。すぐにでも鹿を追ってあちこちに行ってみたいなあ」

「急ぐことはない。おめえも調子がいい男だな」

「里の人からは、見かけによらず、お調子者だと言われたこともあります」

「それはなあ、貶《けな》されてるんだぞ。調子のいい人間は貶されるし、信用されないのだ」

「狩りは山野のあちこちを行くから、行く先々でいろんなことを経験して面白いでしょう」

「そりゃそうだが、遠くへ狩りに行くのは大変なのだ。ここに落ち着こうかとも思案していると
ころでな」

「鉄師になるということですか」

おや、鉄師。ぶつぶつ言ってるスサノヲにお構いなく、

「まだそうと決めてないが、こんな身体だし」

「本当に申し訳ない」

スサノヲは、己の剣が、闘いの場とは言え、オサカリを斬り殺した。これから世話になる人たちをこれほど酷い状態に追い込んだことに深い後悔の念を抱かずにいられなかった。

「ああ、いいや。元はといえばおれらが播いた種だ。自業自得ってところよ」

「そう言っていただけると、少しは気が楽になります。でも、その身体では、狩りはもう難しいと言われるのか」

「そうよのお。おぬしも狩りに出てみりゃ分かるが、魚を相手にするのとはまったく違う」

「そうでしょうね」

「命懸けだってことよ。鹿はまだいいが、猪ともなれば、ちょっとでも気を緩めたら、自分が殺《や》られる」

「そうでしょうね。身体の大きな猪や熊を相手にするにはそれだけの覚悟がないとできませんね」

「そうよ、矢を放ちながら追っている段はいいが、急に向きを変えて襲ってきたりする。見かけによらず物凄い早さで向かってくる。すぐさま追いつかれる。脇にでも飛び込んで身をかわさなければ、猪の牙に突かれて放り投げられる。死んじまうことだってある」

「命懸けの闘いっていうことですね」

スサノヲは、山ガツたちの置かれた現状がそれほど楽な生活でないことを知りながら、なお、彼らから鉄《くろがね》の製法を聞き出そうとする己のずる賢さに嫌気がさしてきたが、スナメリの気を損《そこ》なわないように言葉を選びながら言った。

「そうよ。俺たちもはじめは石の矢尻を使っていた。大きな石にしてみたり、これ以上磨いたら割れるくらい鋭くしたこともあったが、ヤツはこんなんで尻に当たったぐらいでは平気で逃げていく。時には、四人ともがうまく当てた時もあったが、獲物は逃げてしまって駄目だった。深く突き刺さっていないのだ」

「狩りもなかなか大変なのですねえ」

「食わなくちゃひだるいじゃないか。そん時はもうこちらも死に物狂いでかかるから首尾よく射留めることができる。仕留めた時の嬉しさってたまらんなあ。大きな図体がどさっと倒れる、その時にしびれるような快感がくるんだよ。こうして話していると、あん時の快感が蘇ってくる」

「聞いているだけで、私まで身震いしてきた」

自分のさもしい想いに、気恥ずかしさを覚えたが、ここに踏みとどまれるかどうかの瀬戸際なのだ。ずる賢いお調子者でも構わないと思い直して、そのまま聞き入ることにした。

そんなスサノヲに気づいているのかいないのか、スナメリは、再び、「だが、なあ」と、なおも狩りの話を続けるのだった。

「十に二つや三つでは割にあわないだろ」

「そりゃそうですよ。命懸けの狩りとしてはそう思われるのも当然です」

「そうなのよ。そこでだ。スサノヲ、よく聞いておけよ。石の矢尻に替わる、もっと刃の鋭いものはないか、とよく思ったものさ。ところがどっこい、祈れば叶うで、あったのよ。鉄《くろがね》ってものがあるって知った。おぬしの矢尻もそうだろう。ちょっと見せてもらえるか」

「ええ、いいですよ」と言いながら、持っていた鏃《やじり》を手渡した。

矢尻を手渡す時の隙を狙って、山刀で切りかかって来たらどうしたらいいかと思案している自分に徐々に嫌気がさしていた。どうしてこうも人を疑う習性が身についたのだろうかと自省の念を込めて思案し始めていた。

それでもスサノヲは、にこにこしながら矢を手渡す際に少し左の方に体をにじり寄せて、太刀をいつでも抜ける体勢をとった。ああ、いやだ。恥ずかしい。疑心暗鬼な自分の心性にほとほと嫌気がさしてきた。

そ知らぬ顔でスナメリは、怪しげな素振りを見せることもなく、自分の矢尻と見比べている。

「ううん、スサノヲ、この矢尻、これなら猪のヤツも一発で仕留められる。同じ鉄の矢尻といっても俺らの矢尻とはものが違う。どこで手に入れた」

「わからない」

「分からないって、また、俺らを笑い物にする気か」

「とんでもない、スナメリさん。私は本当に何も覚えていないのです」

怒りも露わに、「どういうことだ」と詰め寄るスナメリに、全てを吐き出して謝ってしまいたい自分と、山ガツ一味の悪行を反芻しながら、里の人々の苦難やユヅリハの悲しみを思い浮かべて苦悶するスサノヲには、スナメリたちがどこで鉄の鏃を手に入れたかを聞き出す勇気は消失していた。ようやくにして、

「どういうことだって、言われても」

「たわけたことを言うな」

ますます激昂するスナメリをなだめる手立てはない。

「私のいうことは、私以外の人達には信じられないでしょうが、本当に気がついてみると日御碕にいたのです。自分でも、なぜ、こんなところにいるのかも分からない。何も思い出せない。気が付いたら日御碕にいた、それ以外のことは何も分からないのです」

「日御碕には行ったことはあるが、気が付くと日御碕にいたということか。じゃあ、太刀や弓矢はどうしたのだ」

「身に着けていました」

「到底信じられない奇っ怪な話よ」

と幾分冷静になってきたスナメリは、スサノヲのいう夢物語に聞き入ってみた。

「おぬしは物の怪か」と、あきれ顔のスナメリは、尚も信じられないといった風体で聞き入るのだった。

「そんな気持ちの悪いこと、言わないでください」

「おお、すまなかった」

悄然とするスサノヲを見て、さすがにスナミリも、スサノヲが出鱈目をいっているのではないと思うしかなかった。

「それにしても解せない」

「私自身がそうですからスナメリさんはもっとそうでしょうね」

「おぬしは、天から降ってきたか」

「里のオキナも同じことを言っておられた。でも人の世にそんなことはあるまいということになったのです」

「そりゃそうだ。わっはっは、それにしても解せない、分からない、謎だらけだ」

「いいではないですか。みなさんの山刀や矢尻だって鉄でできているのだから」

「俺たちのものとは、鉄は鉄でもものが違う。武人の御倉《みくら》から頂戴してきた代物《しろもの》だ、山刀は、きこりから奪ってやった」

スナメリは、探りを入れてくる。気を許すと不意打ちをくらう。用心するに越したことはない。

26　謀りごと・その2

今のところ、何とか嘘がばれないでいる。里で人との間合いの取り方を学んだからであろう。自分の話は小出しにして、スナメリに沢山しゃべらせて、彼の手の内を読まねばと。矢尻や山刀、それに鋤の刃を砂鉄からつくるまでの手立ては分かったが、山ガツたちは、鏃や鋤の刃のつくり方を知っているのであろうか。あのタタラとかが何であるのか分かれば謎も解ける。腰を落ち着けて見届けねばなるまい、とスサノヲは相変わらず盗人《ぬすっと》のように、彼らの動静を探り鉄《くろがね》製法の技術を見つけだそうと画策していた。

里の暮らしはひょんなことから始まったが、山ガツ一味との暮らしは、こちらから言い出したことだ。互いに腹の探り合いのような、疑心暗鬼の嫌な気分だ。スサノヲは徐々に陰鬱になっていくのだった。いつも緊張を強いられており、いい気になっているといつ寝首を掻かれるかもしれないといった恐怖感もあるので、太刀や弓矢は手離さないで置いておかねば、と思っているのだった。

「一休みしよう、スサノヲ。疲れたろう。ほら、そこに俺が寝泊まりしていたティピー（野営用の住居）があるだろ。あれから二人と一緒にこちらので寝起きしているから空いている。寝転んでこい」

「そうさしてもらう」と礼を言って、スサノヲはスナメリの指したティピーの方に歩いて行った。ひと二人が寝ころべるほどの広さである。ティピーの後ろは小高い丘になっている。ティピーの床にも鹿皮が敷かれている。

これはいい、鹿皮なら矢が射込まれても貫くことは難しい。取り囲まれて山刀を振りかざしてきたとしても、この出入り口では一人ずつしか入ってこれない。とっさに床に伏して、切りつけ、裏手に逃げ込めばいい。いや、それよりも何かおかしな動きがあれば先にティピーの裾から逃げ出せばいい。

野に寝ていた時も、かすかな動きで目を覚まし、身構えていた。大丈夫だ。床に大の字になってひと眠りしょうかと思ったが、用心するに越したことはないと思って、二つところ、鹿皮と杭とを結わえている紐をほどいておいた。

葦の向こうにきらきらと川面

昨日、思い巡らしたことなどすっかり忘れたかのように、スサノヲは大きく伸びをすると三人の休んでいるティピーの方を見た。もぞもぞとティピーが揺れている。

スサノヲは大声で呼びかけた
「おおい、スナメリさん、サソリさん、ヌメリさん、川がきらきら輝いている」

「どうだい、よく休めたかい」

「ええ、それはもう」

炉を囲んだ三人は、あくびをしながら火を熾し始めた。

「俺らもスサノヲが来てくれたので一安心だ。もう狩りの心配しなくていいと思うと、昨日は嬉しくてよくしゃべちまった」

「私の方こそ」

「あれ以来、鹿狩りは並大抵でない。スサノヲが居てくれたら、いとも容易《たやす》く魚は獲ってくれるし、鹿どころか猪でもなあ」

と相変わらずよくしゃべる男である。

里では、しゃべり男は気のいい人ばっかりだったと思い出しながら、

「私でも皆さんのお役にたてるということですか」

「なに言ってる。肥河の魚を難なく射止めることができるんだったら間違いないって。俺なんか川底にじっとしている魚でも射損じるんだ」

スサノヲは自慢話にならないように気を付けながら、

「前にちょっと言ったように、矢と、魚の逃げ出す時の速さを考えて、頭の先よりやや前あたりを狙って矢を放てばいいだけのことですよ、ただ、空を突き進む時より水の中では矢は遅くなるので、その分も考えてということになるけど」

「えらく難しいことを言うな。一度も射損じたことがないというのだから、そういうふうにして矢を放ってることか。なんとなく分かる気もするが」

「あとは繰り返しやっているうちに外さなくなる」

「だったら、鹿はどうなんだ」

「鹿狩りねえ、恐らく魚と同じだと思う。逃げる鹿と追っかける者との早さの違い、それに追いかけながら弓を構えた時にも鹿は走って逃げているから、そこも考えあわせて矢を放ったらいいと思うけど」

「ふうん、そうか。スサノヲには恐れ入る。やみくもに追っかけて矢を放ってもそうそう当たらないってことか。それに、その矢尻がものをいう」

「そんなことないですよ」と言いながら、スナメリは、私の矢尻に並々ならぬ関心を抱いていると感じた。

「折角の鹿をみすみす獲り逃がしてしまうことよくあるが、今のスサノヲの話を聞いていると、なんとなく納得しないでもないなあ、ヌメリ」

「そうよのお、おれたちのも鉄だが、スサノヲみたいに鋭さがないってことにもよるが、鹿との間合いも今一つってところかな」

「吾にも言わせてほしい」と言って、サソリが口を挟んできた。

口数の少ないヌメリがしゃべったので勢いづいたのか。ふんふんと聞いているだけだったサソリが口を開いたので、あれっと思ってみると、目をキラキラさせている。

「へまをしてしまうのは、スサノヲさんの言うように鹿との間合いがうまくとれていない。これが一番の理由ということなのですねえ」

「サソリさん、追い込んでいくと必死に逃げる鹿だって、後ろが気になって振り向いたりするでしょう」

「時々振り向いてます」

「振り返った時は早さも少し落ちているし、喉元も見えるだろ」

「ええ、そのとおりです」

「その時に喉元を狙って矢を放つ。尻よりも喉の方が突き刺さりやすい。喉を狙えば鉄の矢尻ならどんな矢尻でも鹿を仕留めることができるよ」

「ふうん。そういうふうにすればうまく狩りができる。なるほど、そうなのか」と、何度もうなずきながら感に堪えないサソリ。そこに割って入って来るスナメリ。

「おい、半端もん。お前は鹿より鉄が似合ってるって前から言ってるだろ。てて御の元に帰えればええ。でもなあ、あれ以来、サソリさまさまよ。タタラだってつくったしな」

幾度となく、スナメリがあれ以来というのは、他の二人はともかくとして、スナメリは依然として根に持っているのであろう。

スナメリは語気を強めて言い放った。

「そりゃそうだ。やみくもに矢を放つよりスサノヲの言っていること、それさえ気をつければ、もっと鹿が獲れるに違いない。俺らだってやれる」

「やれる」と言った時のスナメリの顔つきには熱があった。

スサノヲは一瞬、緊張したが、そんなスサノヲにはお構いなく、スナメリは平然と、

「サソリは追い込みが多かったから、そうやって矢を放ちたい気持ちもわからなくもないが、今の俺らにはもう関わりのないことになるかもしれないってこと、忘れていないか、サソリ」

そう言うと、

「おお、そうだ、スサノヲ、もういっぺんおぬしの矢を見せてくれ、忘れねえようにしたいのよ」と続けざまに言う。

「納得のいくまでどうぞ」と言って手渡したが、今度も隙を見せないスサノヲだった。

「やっぱりすごい。俺らのとまったく別物にみえる。触れると手が切れそうだ。ヌメリもサソリもとくと見ておけ。おい、サソリ、おまえは特にしっかり見ておけ、俺らのは、ほれこの通り平気で触れる、矢尻全体もごつごつしてるだろ」

長《おさ》だけのことはある。二人とは目の付け所が違うと感心していると、硬さはどうなんだと、上目遣いになって、

「石で鏃（矢尻）を叩いてもいいか」とスナメリが聞いてきた。

「いいけど」

「本当にいいんだなあ」

「多分、鏃（矢尻）が欠けたりすることはないと思う」

スサノヲが応えるなり、すぐさまスナメリは掌の平くらいの石を拾い上げて鏃（矢尻）に打ちつけた。石は撥ね飛ばされ、真っ二つに割れて転がった。

三人はそれぞれ、驚愕とも感嘆とも違う畏怖の念を背筋に感じたのか、引きつった顔を動かさないまま向き合っていた。

27 謀りごと・その3

放心したままの三人であったが、気を取り直したスナメリがさらに続けた。

「スサノヲ、太刀や矢はどこで手に入れた。本当のところを言ってくれ」

「本当のところ、と言われても…。本当のところを言っているのだけど。前にも言ったでしょう」

「日御碕《ひのみさき》で、か」

「里でも聞かれましたが、鎧《よろい》は脱ぎ捨てて、日御碕に置いてきました」

「鎧姿ともなればまさしく武人となるが、なんとも解せない話だなあ」

「でも、私としては、それだけのことだから、それ以上のこと、何もお話することができないのです。分かって下さい」

「そうか、それにしてもすごい矢尻(鏃)だな。太刀の方は、もう俺の手首で見せてもらっているし」

「闘いの最中だったので」

「いいさ、みなまで言わなくとも。逆だったら俺だって同じことしていた。済んだことは後戻りできないし。それに…、余りにも鋭い太刀のせいか、手首を切り落とされても大して痛くないんだ」

「スナメリさんは、さっぱりしたお人なのですね」

「どうもこうもない。すんだことを何時までも引きずっていたら、野では生きていけない」

「一言いいですか、ご承知だと思うのですが」

「なんだ」

スサノヲは、慎重に言葉を選びながら、

「済んだことを何時までも引きづっていては、野では生きていけないと言われるのは、至極もっともなことだと私も思います。ただ、しくじった時は、なぜ、しくじったのかと、私はいつも考えてます」

「そうさなあ。獲物を獲り損なっても、まあええ、次があると思って、うっちゃってる」

「気を張り詰めるなんて、そう長くは続かない。だから、そうするしかないと思うのだが、私は、狩りでも何でも、どこがまずかったのか、その都度、その場で考えていけば、しくじりはだんだん少なくなるってこと、それを言いたかった。しくじりより学べ、とよくいうではないですか」

「成程なあ。ケリをきちんとつけなくちゃならないのに、ほったらかしにしてては同じことを繰り返すってことか」

「さすが、スナメリさんは呑み込みが早い」

「おだてるんじゃない」

スナメリは、よく怒る男でもある。気性は激しいがさっぱりしている。オシクマと同じだと思いながら、スサノヲは、さらに続けた。

「こうすればうまくいくのではないかと、お話したことをスナメリさんは、きちんと受け止めておられるから、思ったままのことをいったまでです」

「そうかい。それにしてもスサノヲの太刀といい、矢といい、狩りといい、見事なものだ」

「おだてるんじゃない。何度も言わないでください」

「おだてるんじゃないか。わあわあわあ」とヌメリ。

突然、狂ったように大声をあげたスナメリが、

「まいったなあ、太刀でやられ、口でやられ。俺たちの出る幕じゃない」

ほっと溜息をついている。

サソリも同じように感じているようなので、スサノヲも、ほっと一息いれる。

「近いうちに鹿の群れを見付けておくから、鹿狩りに行こう」と言い出すと、ヌメリが、

「ものは試しだ」とすぐさま賛同した。

三人にかなり信を置かれているといえそうだが、一番手は常に二番手に、二番手は三番手に追われる、気をゆるしてはならない。

昼間はそれほど気を張ることもなかったが、ともかく今日一日の出来事を反芻しながら床についた。寝床に入ってからは、さらに怠りなく気を配っていたが、これから行われるだろう鹿狩りの時は、弓矢の使えるヌメリとサソリが自分の後ろにならないよう充分気をつけなくては…。

28 鹿狩り

夜な夜な出かけていた、スナメリとサソリとヌメリの三人が
「待たせたなあ」
と言って、スサノヲの側に寄って来た。

「二十頭ばかりの鹿の群れがいた。俺らには最後の鹿狩りと言ってもいい」

スサノヲは、三人に辺りの地形を訊ねたうえ、三人の不自由な身体のことを思って、

「スナメリさんは群れの前方に、ヌメリさんは左手、サソリさんは右手の風下から近づいていく。私は、群れの後ろから忍び寄る。風上になるので、敏捷な鹿に気づかれれば、いち早く逃げ出すだろうから、ぎりぎり矢の届くところで、第一の矢を放ち、仕留める。それと同時にみなさんは、大声を張り挙げて立ちあがって下さい。スナメリさんの役は大事です。一頭が倒れたことに驚いた鹿の群れは、前後左右に駆け出そうとするが、なんといっても前に向かって逃げ出そうとする鹿が多いから、スナメリさんが両手を挙げて立ちはだかってくれなくては向きを変えようとしない。右左に行こうとする鹿にはヌメリさん、サソリさんが矢を放つ。

そうすると浮足立った鹿の群れは、私の方に駆けてくると思う。そこで一頭は仕留める。うまくいけば二頭仕留める。これで二、三頭の鹿を仕留められると思う。無論、ヌメリさんやサソリさんも仕留めるから五頭、うまく行けば六頭を捕獲できる」

「この策でどうでしょうか」

と言うと、スナメリはあっさりと頷いた。

スサノヲは、自分の身の安全を図って、三人の後ろにいるように策したのを感づかれたのではないかと思い、不安な想いを隠すように付け加えた。

「鹿を仕留める位置に着くまでに、気配を感じた鹿が逃げ出した時は、急いで三人とも大声を挙げて、鹿を私の方に追い遣ってください。おそらく矢をつがえる暇《いとま》はないので、太刀で仕留める

つもりです」

いよいよ鹿狩りの夜がやってきた。物音を立てないように、注意深く風上から歩を進めた。草を食《は》んでいる鹿の群れが、月明かりにぼうっと照らされて、遠くに浮かんでいる。風の向きを測ると、右手から左手に流れている。風上になる右手はさとられるので、サソリは、スサノヲと一緒に後ろから矢を射ることにした。

ヌメリは左手に、スナメリは前方に、腰を屈めながら遠巻きにゆっくりと近づいていく。スサノヲは一の矢をつがえたまま腰を落として、サソリにも腰を落として並んで付いて来るように言った。

鹿は時々、頭をもたげ周囲をうかがっているが、気づいていないようだ。

灌木の林を抜けると、そこはもう鹿のいる草原である。

スサノヲは、手前の藪のなかで弓を構えた。

サソリにも矢をつがえるように、と言って目を懲らして二人を探したが、どこにいるのか分からない。さすがに二人とも気取られずに、鹿の群れに近づいているのであろう。

緊迫の一瞬。

スサノヲは、結弦《ゆづる》をきりきりと引き絞ると、一呼吸おいて一の矢を放った。

一頭の鹿の後ろ足の付け根に突き刺さった。

「ヒュー」と、鹿が鳴き声をあげる。

続けざまに、よろける鹿が見せた喉元を二の矢が射る。

鹿は、どおっと後ろざまに倒れた。

群れていた鹿が一斉に逃げだした。間髪を容れずに、スナメリとヌメリがどら声を張り上げながら飛び出して来た。

スサノヲは、向かってくる鹿との間合いを測りながら、三の矢を放った。額に突き当たると、もんどりを打って、どさっと倒れた。

「なんと」

サソリのつぶやく声がした。

見ると、サソリは、弓を構えて膝立ちになったまま、茫然としている。

スサノヲが怒鳴った。

「横手だ！　向きを変えようとしている、あの鹿だ」

サソリは、釣られるようにして立ち上がった。

「放て、首元だ！　そのまま放て！　踏ん張ったままだぞ」

サソリが放った矢が鹿の腹に当たった。すかさずスサノヲは、四の矢で首筋を射た。

鹿は、どおっと倒れた。

「でかしたぞ、サソリ！」

サソリは、

「吾《われ》が射たのですか」とおずおずと訊ねた。

「そうだよ。サソリさんの矢が脇腹に突き刺さっている。行って見てみよう」

「ほら、これはサソリさんの矢だろ、と突き出すと、

「スサノヲさん、吾は、吾は」

「なんだい」

「初めてです。鹿を射たのは」

「私もそうだよ。大したものだ、サソリさんは」

残りの鹿は、一目散にちりじりに逃げ去った。

静寂が戻ったなか、スナメリとヌメリは、放心したままのサソリに手伝えともいわずに黙々と二人で三頭の鹿を引きずってきて、血抜きをせねば、と首筋を山刀で裂いた。

どくどくと、一筋、一筋と流れ出した血が、草原に沁みこんでいく。

「三頭とはなあ、五人でしていた時でも二頭、仕留めるのが精一杯だったのになあ」

「一頭は、サソリさんが仕留めたのですよ」

「吾、吾は！」

「見事だったなあ、サソリさんは」

スサノヲが穏やかに言うと、

「地を汚してしまった。さあ、引き上げましょう」と、スサノヲは鹿を担ぎあげようとした。

「ええ、ええ、そんなこと、俺らでする」

と言って、三人は不自由な身体にも関わらず、それぞれが器用に鹿を背負ってスサノヲの後に黙々

と従って行った。

帰り着くと、三人はまたしてもほっと溜息をついた。

黙したままのサソリ。

「一頭も仕留められないこともあるのに、今日はスサノヲ一人で二頭も仕留めた。サソリも一頭か」

スナメリは、またしてもぶつぶつ言っている。

「スナメリさんやヌメリさんがうまく鹿を追いたててくれたお陰ですよ」

「そうかなあ。おい、ヌメリ、俺らのお陰だとよ」

「さすがだと思いましたよ。鹿に気取られずに近寄ったのですから」

「スサノヲなら、逃げる鹿でも追っかけて射とめたに違いない。それをよりによって、俺らのお陰げだとよ」

スナメリの言い方には毒があったが、スサノヲは何も気にしない風で、あらぬ方を見ながら言うのだった。

「皆さんのお陰げですよ」というスサノヲの方を見もしないで、

「後にも先にもスサノヲみたいな武人はいないと、俺はつくづく思った」

「おれも震えがとまらなかった」と、ヌメリも言う。

「吾もそうです」と、サソリは小さな声でいっていたが、未だ興奮さめやらぬ三人の目には、今まで経験した鹿狩りでは感じたことのない言い知れぬ不安と安堵感とが入り乱れて浮かんでいるのだった。

人は、目の当《ま》たりに人知の及ばない自然力に接すると、無限の力があるに違いないと思い、言い知れぬ不安に陥るが、自然と一体となって感じる超自然力には、自然と渾然一体となった人間存在に無限の可能性を感じることができるに違いないとも思えるのだった。

「千丈の堤も蟻の一穴より崩るる」、そのことを忘れてしまっている三人に、言い知れぬ不安を感じているスサノヲであった。

29 懸念

スサノヲは、鹿狩りで思った。根拠のない不安ではあるが、やはり自分はよそ者である事が、こうした不安の原因ではないかと思うのだった。

山ガツ一味は、野で暮らしているだけあって、獲物に近づく時は気配を殺している。だとすると、三人が捨て身の攻勢をかけてきたら、自分はどうなる。

こんな不安がいつの間にかスサノヲの心の中に浸潤してくるのだった。どうして自分はこうも疑い深くなってしまったのだろうか。この疑問は、いつ頃から出始めてきたのだろうか。

一方で、かけがえのない人たちを失ってしまったら、いったいこれから先、どうやって生きていったらいいのだろうか。不安と焦燥が焦りとなって、スサノヲの心身を引き裂くのだった。

棲む家と食事の材料くらいは何とか稼ぎ出せるとしても、この共同体から抜け出て、どこか余所の場所で一生暮らしてゆける自信はあるのだろうか。だが、スサノヲの心と身体は、あらぬ方向に歩み出そうとしていた。

やはり、仕掛けがいる。

夜、三人が近づいてくるのを察知するには…、そう、音だ。

ティピーの周りに小石をばら撒いておけばいい。だが、彼らに怪しまれないためにはどういう口実にしたらいいか。

「そうだ、湿気除けだ」

思いつくと、さっそくスサノヲは、工作活動を開始した。

「どうです、寒いわりにはべとべとしてないですか。私は気持ちが悪くなって目を覚ます時があるのです」

「そうかい。俺はどうってことはないが。ここんところはここに居座っているが、それまではあっちの野、こっちの野で暮らしていたのでそんなこと気にしたこともない」

「そうですか。私も野の暮らしをしていたが、寝床はさらったとなるようにしていた」

「スサノヲ、寝づらいのか」

「ここは広場になっていて、それはいいのだが、河のすぐ側なのでじめじめしているのがいけない」

「そのうち慣れるよ」

「ここで当分の間暮らすのだろう」

「ああ、そうだが」

「だったら暮らしよくしたらいい、里でもそうしていたよ」

「里で、か」

どうやら網にかかったと、ほっと溜息を思わず漏らしそうになったが、ここが踏ん張りどころ。

スサノヲは、自分の置かれた状況が以前より自由度が高く大きい。何事もみんなに相談して決めていく、そうした生活環境になじめない自分の内面に、大きな瑕疵が潜んでいるのはないかと疑い始めていた。だが、今は逡巡している時ではない、一気に攻めていかねばと、

「そうだよ。川から離れた里でも、スナメリさんもそれは見知っているだろう。

里では家の周りやぬかるみに小石をばら撒いていたこと、なぜそんなことがしてあるのか、自分ではわからなかった。

おまじないの類かと思って聞いてみた。ほんと、聞くは一時の恥、聞かぬは末代の恥だった」

「小石のことか」

「魔除けではなくて、じめじめ除けだって」

「魔除けか」と、スナメリはあざ笑うかのように言った。

「恥でも何でも分からないことは聞いてみるものだと、その時、しみじみ思ったよ」

「スサノヲも形無しだったわけか、わはは、小石のおまじないとはなあ」

スナメリは勝ち誇ったように言い放った。

「スナメリさんの言う通りです。暮らし向きのことはからっきし駄目ってこと、丸わかりで、里の人もあきれていた」

「そりゃそうだ。俺だってそう思う」

「どうです、広場のくぼんだところやティピーの周りに小石をばら撒いておいたらからっとする」

「そうかもな」

「そうしてはどうです」

「寝心地よければの話だが」

もう一押しだ。

「小石をそこら辺りに撒いておくだけで随分と違うよ、私の家がそうだった」

「うん、そうだなあ、小石のおまじないで寝心地がよくなるってか。ものは試しだ。そうしてみるか、しばらくの間ここにいることになるよって、そりゃ気持ちのいいのに越したことはない。それにしてもスサノヲは狩りだけではなく、こんなことにも気がつくのだなあ」

してやったりと心の中でほくそ笑んでいると、からかうように
「そんだけ頭が回るんだったら、おぬし、自分が何者か、思い出せないこともなかろうに、おかしな男だ」

「小石のおまじないと思ったほどだから、私、頭が回るのです」

「わっはっはっ、小石のおまじない、おまじないか。俺らもやるか」

スサノヲは三人から顔をそむけ、「知恵出でて大偽あり、知恵は小出しにせよ」とかいった言葉をどこかで聞いたことがあるな、と思いながら、何喰わぬ顔で一緒に川べりに向かった。

30　三人のもくろみ

「鹿は、俺らでさばくよって、スサノヲはのんびりしてくれ」

と、言われたので、河原に行って寝転がっていた。

　そんな日が、明くる日も続いた。

　三人は、山刀で皮を剥ぎ、腸わたを取り出した後、肉を小分けにしながらお互いの顔色を窺っていた。

「なあ」と、スナメリが重たい口を開いた。

「どう思う、スサノヲのこと。ぶらりとやって来て、しばらく置いてくれ、と俺らのところに居座っている。鹿狩りは、スサノヲがいてくれて助かるが、おかしくないか。肥河の源に行くっていいながら、俺たちのところで腰を落ち着けているなんて」

「そうよのう、気になるといえば気になる」

「サソリ、お前はどうだ」

「ううん。そう言われてみたらどっかおかしい気もする。でも、スサノヲさんはいい人だと思う」

「サソリはやっぱりわかってない。俺らが鹿を追っかけるのは食うためだろ。サソリ」

「うん、わかってる」

「何をするにも目当てってものがある。違うか。どうだ、ヌメリ」

「それはそうだが、スサノヲはおれたちを討ちに来たのではない、これは確かな事だ」

「手を休めるな、スサノヲが来たら怪しまれる。おい、そこは乾し肉にする」

「俺たちの山刀は、刃がでこぼこしているから、そう上手く薄く切れない」

「ああ、スサノヲの太刀だったらすうと切れるのになあ」

「そこだ。なんでスサノヲはあんな見事な太刀を持っている。それにだ、太刀にしろ弓矢にしろ、いっつも肌身離さず持っている。飯の時でもそうだ」

「おい、ヌメリ、サソリ」

「なんだよ、恐い顔して」

「そこなんだ。俺がどうしても合点がいかないのは」

「スナメリが言いたいのは、スサノヲはいつも用心しているということか」

「そうよ。なんでそこまで用心しなくちゃならんと思う。ヌメリ、どうだ」

「おれたちより強いのに…、待てよ。身を守っているというより機会を狙ってんじゃねえのか」

「なんの機会だ」

「殺す気はなくとも、スナメリの手首を切り落とした時の快感、それが忘れられないのじゃないか」

「そう思うやろ」

スナメリは、ヌメリが自分と同じ思いを抱き始めたことに意を得て、

「ああ、そうに違いない。お前とサソリの手首を切ってみたいと思ってんだ。そうに違いない。彼奴《きやつ》め、腕切りの快感をもう一度味わいたいと思っているに違いない」

いつも温和《おとな》しいヌメリが荒立てた声を挙《あ》げて、

「サソリ、どうなんだ」

「二人ほどよく分からない。スサノヲさんはいい人だと思うが、吾《われ》は二人のすることについて行く」

スナメリは、鹿に手を当てたまま、長い間黙り込んでいた。

やがて、崖から飛び降りるように、一気呵成に二人に言った。

「よし、奴《や》を殺ろう。お前らの手首が奴に切られる前に、先手をとってやる。

いいか、二人ともよく聞いてくれ。このままじゃ蛇の生殺しだ。

蛇だって、寒い時は穴にもぐりこんで、みんなで丸くなって気持ちよく休んでいるやろ。しかしだ、俺たちはといえば、隙間風に晒された蛇みたいに、いつもスサノヲに見張られているようで、まるで蛇の穴惑いみたいなもんだ」

スナメリは一息つくと、スサノヲを空から蛇を襲う鷹に喩《たと》えるようにして言った
「サソリ、お前、鹿が獲れたのはスサノヲのお陰げだと思ってんだろ。お前はまだ子どもやからスサノヲにたぶらかされているのよ。奴には目当てがあるから、お前を手なずけてる、そんな気がしないか」

「そう言われても、スサノヲさんはいい人だと思うよ。吾の腕を切り落としたい、そんな」

「ええい、サソリ。そのスサノヲさんっていうの、止めんかい、スサノヲでええ。俺らについてくるって言ったこと、忘れるな」

改めて二人の顔を見定めて、大丈夫だと決め込んだスナメリは、

「蛇の生殺しじゃたまらん。よし、ここらでケリをつけてやる。なあに大丈夫だ。太刀や弓が使

えなければ、牙のない猪みたいなもんだ。牙の抜けた猪なんか図体が大きいだけの抜け殻よ、俺らが三人がかりで捻《ひね》り潰したらええんや」

サソリとヌメリの二人は、スナメリの気迫に押されるかのように頷《うなず》いた。

だが、どうやってスサノヲの牙を抜くのか、だ。サソリとヌメリは、途方に暮れたかのようにひたすら沈黙していた。

「そうや、寝込みを襲えばええんや。ええか、よく聞けよ」

「俺がスサノヲが寝ているティピーの側まで忍び寄る。ヌメリとサソリは、矢を構えて俺の合図を待っておれ。俺が合図したらティピーに矢を放て、すかさず俺がティピーに体当たりしてぶっ壊してやる。

奴は鹿皮を被ってもこもこしているはずだ。そこに、俺が馬乗りになって逃げ出さないようにするから、お前らはすぐさま駆けつけて、山刀で滅多突きにしろ。奴は、鹿皮のなかで身動き取れなくなってるから、太刀に手をかけても抜くことなどできっこない。どうだ。この策でどうだ」

得意げに説明するスナメリ。

「太刀や弓のないスサノヲさん…じゃない、スサノヲ。ほんとうに羽根をもがれた鳥みたいになるのやね」

サソリが弱々しく言った。

「おお、そうよ、サソリ。お前もたまにはいいこと言うじゃねえか。羽根をもがれた鳥よ、牙の抜けた頓馬な猪よ。バタバタもがいてるからサソリのいうように、羽根をもがれた鳥よ、スサノヲ、恐るるに足らぬ、だ」
「おお！」とヌメリの大きな声。

「おう！」

サソリの弱々しい声が続く。

「よし、これで決まりだ。お前ら、まかり間違っても奴に気取《きど》られるなよ」

翌日、朝から、スナメリとヌメリとサソリの三人は、鹿をのんびりとさばきながら、スサノヲがぶらぶらと河原の方に行くのを見送った。

「今夜だ、いいな」と、スナメリは日頃、見せない厳かな顔つきで二人に言った。

「いいか。もう一つ言っておきたいことがある。

スサノヲは殺すなよ。

俺が『もういい』と言ったらすぐ止めろ。ぐうの音も出ぬようにしたら、それでええ。それ以上やるな。

スサノヲが、あわあわと言って、本音をしゃべる姿が目に浮かぶぞ」

ヌメリは、サソリと違って狩りを多くしているだけあって、スナメリに
「そんなこと、どうして分かるんだ」と問い詰めた。

「俺は押さえ込んでいるからヤツの動きで、ここらあたりが最後の悪あがきだと分かる」

「殺してしまった方が手間が省けていいと思うが」

と納得のいかぬ顔のヌメリ。

興奮気味にスナメリは、

「そりゃひと思いにやってもええ。だがなあ、それで腹の虫が収まるか。思い出してみろ、二人やられた上にどれだけ俺らは奴に虚仮《こけ》にされたか。本当のところ何が目当てで俺らに近づいたのか、口を割らせてからぶっ殺しても遅くはないやろ。俺は奴の泣きっ面を見たい。スサノヲだって命乞いをするに決まっとる。無様なスサノヲを見たら、すうっとしないか」

と一気にまくし立てた。

「おお、そういうことならいい」

とヌネリ。

「吾も」というのが精いっぱいのサソリはといえば、浮足立っており、しきりに河原の方を気にしている。

Ⅳ　スサノヲの太刀と弓矢の秘密

31　祝いの宴、そして死闘

その日の夕餉は、いつもの日に比べて随分と賑やかだった。

「真新しい鹿の肉がどっさりある。おっと、この肉はスサノヲが手にいれてくれたものだ」

「みなさんと一緒にやった鹿狩りではないですか」

「ぐたぐた言わずにやろう。俺らはスサノヲが来てくれて本当に嬉しい、そうだなヌメリ」

「おお、おお」と、声高に応じるヌメリ。

「どうだい、この煮え具合、獲れたてのことはある。今宵はスサノヲが俺らのところにやって来てくれたことを祝って大いにやろう。スサノヲ、ここ、ここ、この脂《あぶら》ののっているところが旨いんだ」

「そうですか、どんどんいただきます」

スナメリのはしゃぎぶりに、スサノヲはちぐはぐな感じを受けたが、気づかれないように満面に笑みを浮かべて応えていた。

「久しぶりだなあ、こんな楽しい宴、スサノヲにやられて以来だ。あ、おっとっと、口が滑っちまった。もう何とも思っていないからなあ」

「私の宴だ。私の悪口を肴にして、皆さん、楽しんでください」

と言いながら三人の顔を窺っていた。

「悪口なんて、とんでもない、口が滑っちまっただけよ。本当になんとも思っていないからなあ。俺らはその日暮らしだから、すんだことなどにかまっていたら死んじまう。なあ、ヌメリ、そうだろ」

「そうだとも」

「みなさんが羨ましい」と、探りを入れてみるが、簡単には乗ってこない。

「ほう、そうかい」

「そうではないですか、今も言われましたよ」

狐につままれた三人は、スサノヲが言った意味が分からないらしい。

「その日暮らしって」

「なんだ、そのことか、それがどうした」と拍子抜けした三人。

「私は、流れ行く雲や流れ行く水とともにあるのが一番いいように思うのです」

「スサノヲは、時々なんだか難しいことを言うなあ」

「難しいことなんか言っていませんよ。あなた方の暮らしの方が自分には合っている。だからそう言ったのです」

「おれたちが雲や水というのか、これは面白い」といつになく言葉を挟むヌメリ。

聞き流しながら、サソリの方に、にこにこした笑顔を向けると、伏し目がちに、ちらっとこちらを見た。

スサノヲは素知らぬ顔をして、「雲や水は止まることはない、どう思う」と矛先をサソリに向けた。

「吾《われ》もひとっところにおるより、あっちに行きこっちに行くスナメリたちの暮らしの方が楽しいかなと思って、スナメリたちについてきたけど」

「うん、それも止まることのない水だったらいいけどね」

「どういうことです、よく分からない」

「肥河の水が淀んでいるところを見たことあるだろ」

「うん」と返事はしたものの、スサノヲがなにを言い出すのかと緊張した面ざしで、

「流れの止まっているところには、嫌な臭いがたちこめている」

「そうですね。せせらぎの音を耳にするとほっとしますが、淀みを見ていると何となく気持ちが塞がって来たのを覚えています」

せせらぎに戯れる魚か、とスサノヲは遠くの方を眺めた。

「スサノヲさんは狩りだけではなく肥河もよく見ているのだなあ」

「そんなことはないですよ。サソリさんは現に行く雲、流れる水の暮らしをしているから気がつかないだけですよ。ものごとは内にいると見えない、外から見たら丸見えというのに」

「今まで見えなかったものが見えてくるってこと」

「そうだよ、魚だって川の中にいるから私の姿が見えないけど、外にいる私には魚が丸見えだから、なんなく射ることができる、それだけのことだよ」

「なあんだ、そういうことですか」と、サソリが言う傍で、スナメリがびくっとした。

スサノヲは素知らぬ顔で、

「淀みは底が見えないから見通すのはなかなか難しいけど、見方を変えれば、淀みの底だって見えるんですよ」と言うと、
急にスナメリが、

「おい、スサノヲ、もっと食え」と割り込んできた。

これには応じざるを得なかったが、スサノヲの目は、黙々と食べているヌメリ、顔を伏せているサソリの姿をとらえている。

話を鉄の方に向けるのに、いい機会ができたと、スサノヲはほくそ笑む。

「スナメリさん、魚は食べたら骨が残るだけ。鹿は皮をティピーに用いられていて感心したのですが、骨や角はどうしているのですか」

「角か、これからは、魚が大事な食いものになるから釣り針もつくっておくか、ついでに縫い針もつくるか」

スサノヲは焦り気味になっているのを抑えて、驚いたふうを装って、

「釣り針どころか縫い針も骨から、これは驚きだ」

「なあにどうってことはない、鉄の矢尻を手に入れる前は矢尻もつくっていた」

驚いたと口に出してから、

「鹿の矢尻で鹿を射るなんて」

「スサノヲ、失礼なこと言うな。俺たちは、手にした鹿を天からの恵みだと思って丁寧に扱っている」

「これは至りませんで失礼しました」と、思いがけないことを聞いて、狩人の一端に触れた気がした。

「いいってことよ」と、スナメリは事もなげにいう。

「スサノヲは難しいこと言ったり、おかしなことを言ったり、なかなかの化けっぷりよ」

「ははは、鹿の皮じゃなくて化けの皮がはがれた。私の宴だから大目にみてください、でも、矢尻を失くしたらどうするの」

「なあにサソリがいるから心配することもない。この矢尻にしたって、サソリのてて御と鹿の肉と取り替えっこしたのさ、おい、サソリ、おまえも言ってやれ」

武人の倉から盗んだと言ったのは口からの出まかせで、サソリのてて御がつくったものだと思っていたが、その時、「先つ人からわざを受け継いだてて御がつくったのです」と、サソリがぼそっといった。

「吾は手伝っていただけだから、今ひとつですが」

「ほら出た、サソリは、なんでも今ひとつだ。わっはっはっ、あ、おっと、今度の狩りが初めてだよなあ、ひとりで仕留めたのは」

「吾は、」と、おどおどしているので、あわててスサノヲは口を挟んだ。

「サソリさんの働きはめざましかった。向かってくる鹿に臆せず矢を放った」

「ええ、ええ、ごちゃごちゃ言わんと、食った食った。ああ、腹がはじけそうだ。獲りたての肉はなんといってもうまいなあ。腹が一杯になった。どうれ、ぼちぼち休むとするか」

雲に見え隠れしている月。

スサノヲは、鉄のつくり方をサソリから聞き出せなかったが、それよりも、今宵に備えなければ、と。今のスナメリたちとの共存関係の難しさに言い知れない侘しさを感じるのだった。

スサノヲは、ティピーに戻ると、奥の二か所が、なめし皮と杭とを縛っている紐がほどいたままにしてあることを見定めてから眠りに就いた。


真夜中、浅い眠りから、かっと目を見開いたスナメリは、スサノヲのティピーの方に耳を傾けていたが物音ひとつしない。

「よし」と呟くと、声をころし、「おい」と言うと、ヌメリとサソリの二人はすぐ起き上がった。

口々に、「よく眠れなかったが大丈夫だ」と声を潜めて言い合った。

「よし、いいか」

三人は弓矢と山刀を手に、そうっとティピーから出ると、二人は注意深く腹這いになった。

山刀と弓矢を少し前に置くと、音をたてないように匍匐前進《ほふくぜんしん》した。

三度ほど繰り返すと、スサノヲのティピーはもう目と鼻の先である。

二人は膝立ちになると、スナメリが合図をするまで、弓を構えたままじっと身動きもせずに待った。

山刀を手にしたスナメリは、足音を忍ばせて、スサノヲの寝ているティピーに近寄っていった。

雲間よりわずかに顔を出した月が天空にさしかかってきた。

時が動いて、スナメリの手が闇に浮かび上がった。

ヌメリとサソリは、弓弦《ゆづる》を引き絞った。

スナメリは残った片腕で、上半身の揺れを抑えながら、山刀をしかと握り直した。

三人のかすかな息遣いが闇のなかで漂っている。

二人が矢を放つと、一呼吸おいて、スナメリは、体全体でティピーに突っ込んで行った。

ガサッと、ティピーが崩れる。

二人は駆け寄るなり、山刀をところ構わずブスブスと差し込んだ。


小石の音がかすかに擦り合わさった音をスサノヲは捉えた。

気配《けはい》を窺った。

しばらくすると、また、小石の擦れる音がする。

スサノヲは、太刀と弓矢を持つと、鹿皮をまくり上げティピーの外に出た。

また、小石の擦れる音がする。

擦れる音は、さらに近づいてくる。間違いない。恐れていた夜討ちだ。

スサノヲは、裏山へ、そおっと向かった。

その時だった。矢がティピーに突き刺さる音がして、続いて、どさっ、と大きな音がしたかと思うと、「それっ」という押し殺した声とともに、ティピーに覆いかぶさる音がして、その後に、ぶすっ、ぶすっ、という山刀がティピーを突き破る音が続けざまにした。

ややあって、「おい、いないぞ」と大きな声。

「そんなはずはない、よく見ろ」

「見ろって、いないものはいない」

「どこに失せた、あの野郎」とスナメリの声。

「どうなっているの」と、涙声のサソリ。

月が雲間から顔をのぞかせた頃に、

「何かあったのですか、お揃いで」

スサノヲは素知らぬ顔で声をかけた。

「ああ、スサノヲ…」

「食べ過ぎて身体がほてっていたものですから、裏の丘で休んでましたら月が出てきた」

「…」

「ああ、私のティピーが倒れている。これでは床に就けない。月夜になったので、丘で寝るのも一興か」

憮然と起ち尽くすスナメリ、小刻みに振えているヌメリ、うなだれたままのサソリ、三人は悄然として立ち尽くしていた。

32 血祭りか星祭りか

朝餉では、気まずい空気が流れていた。

サソリが堪えかねて、何か言おうとしたのをスナメリが押しとどめ、スサノヲ、勘弁してくれ、おまえを殺そうなんて…。

「言わなくていい、言ってしまうと嘘が実になる。あれは鹿皮狩りだったのでしょう。鹿狩りと鹿皮狩りとでは大して違わない」

「鹿皮の狩りって、そう、そう言ってくれるのか」

「鹿皮狩りをする人がいても、別におかしくはない。私だって間違って時にはそうすることもある」

「そう言ってくれてもなあ…」ヌメリも同じ言葉を口にする。

「みなさんは行く雲、流れる水。鹿の皮と一緒に流れていった。遺恨はそれでいいではないですか」

面目を失ったかのようなスナメリとヌメリ。うなだれたままのサソリ。

「さあ、元気を出してください。里のオキナも言っていた、神ならぬ人のつくった世、おかしなことの一つや二つ、あっても当たり前ではないですか」

「そう言われても合わせる顔がない」

「スナメリさん、ヌメリさん、サソリさん、いつも肥河を見ていますね」

「それが…」

「目の前に水がありますよね」

「そうだが」

「ぐるっと一回りして肥河を見ても水がありますよね」

「そうだが」

「その時の水は一回りする前に目にした水ですか」

「なにを言ってる、スサノヲ」

「こたえてください、スナメリ」

スナメリはどきっとしながら
「ええとなあ、そんなこと言われなくたってきまっているじゃないか」

「こたえてください」

「ええと、先に見た水は流れていった。だから、ええとだな、上から流れてきた水が流れて行った水のところまで流れてくる、前の水みたいにそこんところに、見た目は同じだ」

「そうですね。肥河の水は絶えず流れています。しかも、今流れている水は、元の水にあらず、ということですよね」

「うん」ヌメリも応える。

「肥河と水、世と人。世も絶えずして、しかも、元の人にあらず、ということですね」

やや元気を取り戻してきた二人。

「鹿皮狩りだった、だから獲たのは鹿皮、そういうことだったですね」

「そういうことになるのかなあ」と、ヌメリも同意する。

顔を伏せたままのサソリ。スナメリにとどめを刺すように、

「此度《こたび》の狩りの目標は、私が休ませてもらっているティピーの鹿皮だった、それだけのことです

よ。もっとも獲り損なったけど、はっはっはっ」

「スサノヲ、そういうことにしてくれるか」

「だって、そうなんでしょ」

「じゃ、スサノヲ、あらためて聞くが、腹を立てていないのか」

「いいや、物凄く腹が立ったよ」

「そうれ、みろ」

「あわてないで、雲、雲ですよ。あの時の雲はとどまることなく流れ去った。時も流れていった。済んだことは再び戻ることはない。腹を立てたが、腹立だしさも共に流れさってしもうた。これって、スナメリさん自身が言っていたことですよ、山野では済んだことを引きずってたら生きていけないって、言ってましたね」

「そうすると、こういうことか。雲は行き、水は流れるということで、ひとっところに止まっていない。人は、おかしなことをすることもあるが、すめば水に流す、こういうことか」

「スナメリは、やっぱり呑み込みが早い。でも、間違いが間違いと分かれば、糺す。きのうの鹿皮狩りは間違っていた。二度としないと、誓って欲しい」

ほっとした空気が座に流れた。

「ティピーは元通りにしておいてよ」

スナメリは、「当たり前だ。三人で直しておく」というと、改まった様子で、

「スサノヲ、聞いていいか、話をまぜっかえすんじゃないから気を悪くせんといてほしい」

「まだ、なにか」

「おぬしを血祭りにあげようと思ったのは、オサカリらの仕返しなんかじゃない。何の目当てがあって、俺らのところにいるのか、それがわからなくて薄気味悪かった。誰だって得体のしれないものに出会うと落ち着かないだろ。それでスサノヲの口を割らせよう、おっと、悪い悪い、こんな言い草で申し訳ない。まあ、そういうことで、夜討ちをかけた。尋常な遣り方ではおぬしにかないっこないからなあ」

「なあんだ、そんなこと。だったら、そうとはじめから言ってくれたらいいのに」

「源の水を飲みに行く途中の一休みなんてこと、いいっこなしで願いたいよ」

「そう言われても、それだけのことですよ。一口飲めばいろいろと思い出すのではないか、それだけのことだよ。行く途中、スナメリたちがいたので一休みしたいと思ったもので」

「おれが聞きたいのは、スサノヲには、はじめから何か魂胆があったんじゃないかってことなんだけど」

「魂胆なんて人聞きの悪いこと、言わないでほしいなあ。一休みしている時に、山刀のつくり方を知っているような口振りだったので、それなら教えてほしいと思って、二、三日泊めてくれたら有難いので、そうお願いしたわけ」

「なんだ、そういうことだったのか、拍子抜けするな。そんなことだったら、そうと初めから言ってくれたらいいのに」

「はっはっはっ、私は気が弱いので口に出せなかった」

「言ってくれるな、スサノヲ」ヌメリも、サソリも顔を挙げた。

「はっはっはっ、祝いの朝餉、祝いだ、祝いのやり直しだ」

炉に朝の光が差してきた。

「おい、サソリ、おまえの出番だ。スサノヲに山刀のつくり方を教えてやれ」

「サソリさんが知っているとは思っていたが」

「言っただろう。山刀はサソリのててに頼んで、鹿と換《か》えっこしたんだって」

スナメリの調子よさ
「あれ、きこりから脅し盗ったと言ってなかったっけ」

「スサノヲも人が悪いなあ」

元気を取り戻したスナメリを相手にしていても切りがないので、「教えてくれる、サソリさん」と、正面からサソリを見据えて言った。

サソリはおどおどしながら、しかし意を決して話し始めた。

「知っているってほどのことはないのです。ててが鉄つくりを手伝っていただけのことです。山刀や矢尻が出来上がるまで、スナメリたちは鹿を追っていたが、吾に話してくれた鹿狩りがとっても面白そうだった。ててが最後の仕上げにかかると、これといって手伝うこともないので、鹿狩りに連れていってもらった。それからです。すっかり虜《とりこ》になってしまい、それで、ててにスナメリたちと一緒に行っていいかと頼んだ。スナメリは、鉄つくりの方がいいのか、俺らと行くのがいいか、よくよく考えた末のことかと言ったけど、吾はうわの空で聞いていました。目に浮かんでくるのは、鹿を追っている吾の姿でした」

33　サソリのおぼろげな記憶

「サソリさん、河原に行こうか」

「ええ」

「ここらあたりでも、肥河は滔々《とうとう》と流れている。もう少しあがると狭くなり、山が迫ってきます」

と、サソリは懐かしそうに船通山を眺めている。

「船通山か、山が身近に見えるところで、君たちは暮らしていたのか」

「船が山を通っていく山って、変な名の山だけど、サソリって名も変な名でしょう」と、
突然、サソリはスサノヲの方に顔を向けて言った。

そこには一途な若者の姿があった。

「スサノヲさん、じがばちって、知ってます？」

「さあ」

「サソリってのは、じがばちのことだって。じがばちの子は穴のなかで暮らしていて、いつもじいじい鳴いてる。大人になるとようやく穴から出てくるって、てての言っていました。じいじい鳴かなくなったら大人になったのだ、吾はいつまでたっても、じいじい泣いてる」

「サソリさん、あなたはもう立派な大人ではないですか」

「今でも、隠れてじいじい泣いている」

「大人になっても泣く時は泣くよ」

「スサノヲさんも」

「私だって、そうだ」

「そんなに強いのに」

「太刀や弓矢の問題ではない、心の問題だ」

「心、ですか」

「そう」

「よくわからないなあ」

「君たちは里の人を襲ったね」

「ええ」と、サソリはうなだれる。

「米を奪ったり、郎女をいたぶったりした。そしてサソリ、君は里の人から足を痛めつけられた。その時の気持ちを思い出したら、心の問題だということがわかる」

「もう少し嚙み砕いて言ってもらえませんか」

「えらいよ、君は」

「そんな、ちっともえらくない。米を奪ったりしているのに」

「えらい、と言ったのは、言葉の端々《はしばし》に、また君の顔にも、今なお、米を奪ったりしたことを悔やんでいるのが、ちゃんと見て取れるからだ。だから、サソリさんはえらいと私は言ったのだ。

それが心の問題ということ」

「心で受け止めるから、心の問題といっておられるのですね。でも、はじめからそんなことしないのがいいに決まっている」

「それは難しい。人は誰でも間違いを犯すものだ」

「難しいって、言うけど、スサノヲさんだって、難しいのですか」

「そりゃそうだよ」

「そんなこと、あったのですか」

「心に、ぐさっとくることを聞いてくるね、サソリさんは。でも、胡麻化してはいけないから言うと、オサカリさんを死なせてしまったことだよ」

「あん時は、もう怖くって怖くって仕方がなった。脛は打ち砕かれて、痛くてしょうがないし、ヌヒトは脳味噌が飛び出ているのに、まだこれでもかって打たれている。やっと、失せろと言われ、足を引きずって道に出てみると、血の海。そこにオサカリが倒れ伏していた。

生きた心地がしないってのは、このことだと、震えがとまらなかった。でも、一刻も早く逃げなければと思い、痛む足をかばいながらよろよろと、そして、じいじいと泣き声を出しながら逃げ出した。あの時、オサカリが一刀のもとに切り殺されたなんてことは知らなかった。あとでスナメリから聞いて、吾のじいじいは、ずっと止まなかった」

「前にも言ったけど、オサカリさんは手首を切り落とすことにしていた。悔やんでも悔やみきれない。行く雲や流れる水と思おうとしてもダメだった。ヌヒトの脳漿が飛び散っているのに、まだヌヒトを打ち続けていた里人は、をとめを手籠めにされたうえ、身籠ったのだよ。日頃は節度のある里人だが、君らを見てどうにも承知できなかった。気持ちを抑えきれなかったのだよ」

「身籠った人がいたの」

「そうだよ」

「そうでしたか…、またもや、心がじいじいしてきた」

「私も、私のなしたことをじいじい泣きながら反芻したが、心の闇は深い、とひとり泣いていた」

「闇ですか」

「闇は誰の心にもある。闇に閉ざされると、じいじい泣く。サソリも私もフヒトもじいじい泣く」

そう言うと、スサノヲはしばらくの間、じっと流れいく川面を眺めていた。

魚が撥ねると早やゆづるに手を添えていたが、恥じるように手を離した。

「ぼちぼち、たたらの話をしてもらえないか」

心を鎮めながら言った。

「いいですよ、でも、吾の知っていることなんてたかが知れてますよ」

「いいとも」

「たいへんな力仕事で根気もいります。吾がスナメリについて家を出ていったのは、狩りが面白かったこともあるが、こんな根気のいる力仕事が嫌だった方が大きいかもしれない。スサノヲさん、本当に鉄つくりをするのですか」

「そうだよ」

「じゃ、てでのたたら、役に立つ」

「それは願ってもない」

「実地にやってみるのと、話で聞くのとは大違いですから、覚悟しといてください」

「こわいなあ」

「いいですか、川底から砂をすくって、砂に混じっている砂鉄を取り出す。山からは木を切り出し、腕くらいの長さに切って蒸し焼きにして木炭にする。用意するのはこれだけですが、これだけでも大変。スサノヲさんは里で野良仕事をしていたとか、それと比べようがないほどの力仕事ですよ。まだまだ、楽しみがあります」

「大変がつづくの」

「そうです。嫌になるくらい、次から次へと、ぞくぞくと出てきます。まず、たたらに木炭を入れ、その上に砂鉄を入れて、木炭に火をつける。

火の力を高めるためにふいごで風を送る。炎があがるほどいい鉄ができるので、風を送りつづけなくてはなりません。山刀を作るなら、それに見合うだけの鉄がいりますから、次々と木炭、砂鉄を入れて、どんどん燃やしていきます。おおよそ山刀の倍くらいの砂鉄がいります。木炭は砂鉄の三倍位と、たくさん使います。」

「ちょっと聞いていい。あそこにあるたたら、ずうっと気になっていた。君が作ったのだね」

「そうです。スナメリが鉄をつくることにした時、たたらってどんなものか、前もって知っておきたいと言うので大雑把に作って、このたたらでこうして鉄をつくると教えたの」

「そうだったの。それで、ここにたたらがあるということか。よく分かったので話を続けてくれる」

「えっと、そう、これをえんえんと続けているうちに、砂鉄が真っ赤になり、どろどろ溶けだしてくる。きらきらときれいだよ。それに熱いといったら、手で触れるといっぺんに手はぐにゃぐにゃになって溶けてしまう。この赤いどろどろを山刀の鋳型に流し込む。冷めたら、やれやれと型から取り出して見て、山刀の出来上がり。そう思うでしょうが、これで終わりとはいかない」

「まだあるの」

「山刀の形にはなっているが、これだけでは山刀の形をした、ただの鉄の塊、スサノヲさん、聞いているだけでも疲れたでしょう」

「そんなことない、楽しいよ」

「だったら続けるよ。いい刃にしないと切れない、それでよく切れるように焼き入れと火造りをおこなう。切れるように何度もなんどもこれを繰り返す。これでやっと山刀の出来上がりです。でも、何遍も言うけど、つくり方を知っているのと、実際に造るとでは大違いですよ」

「そうだろうね」

「だって、たたらでいい鉄ができるには火の加減によるけれど、これが一番難しい。そこが腕の見せどころだし、焼き入れ、これって、山刀を丈夫なものにするために、熱しては、つちかなづちで叩いては水にいれ、叩いては水にいれ、この作業を何遍も何遍も繰り返し行う。うまくやらないと、山刀が折れたり、ひびが入ったりする。火造りだって、これで切れ味が決まるのですが、刃の側が薄くなるように鎚で叩き出して延ばしていく。どう、この作業を繰り返し、繰り返し、うまくやっていかないと、いい山刀にならない」

「すごいなあ、サソリさん、よく知っているじゃない」

「知っているだけだって、言ったでしょ」

「てて御の手伝いをしていたのだからできるのじゃない」

「もう、スサノヲさん、何度言えばわかるの」

「ごめん、ごめん。それにしても、よくこんなことを考えついた人がいたのだね。世の中には凄い人がいるものだ」

「スサノヲさんだって、凄い人ではないですか」

「なにが凄いの」

「いやだなあ、知らんふりして、太刀と太刀捌きですよ」

「砂鉄から太刀を創り出すなんて、だれが何と言おうがこれに優《まさ》るものなんてない。創る、これが大事だ。君たちもきのうの鹿皮狩り、創り出したのだろう」

「スナメリが考えた。吾はいつものように付いていっただけ」

「これからは、君も君自身の考えでやっていかなくては駄目だよ」

「スサノヲさんも他人事ではないですよ、スサノヲさんご自身が鉄を創るのでしょ」

「そう、そうだった。まいったなあ」

はっはっはっと笑いながらも、鋤も鋤の型に流し込めばいいのか、と駄目押しをしたい気持ち。そうと察してか、

サソリが、

「ててがやっていたのは山刀と矢尻だけだけど、同じだと思う」

「サソリさんのお陰げでつくり方はわかったけど、私自身がやるのだ、と君は言ったが、果たしてつくれるのかなあ」

と、弱音をはくスサノヲ。

　しかし、鉄の鋤は何としてもつくっって、里の人たちに使ってもらいたいが、それにはサソリに実地にやってもらうしかない。しかし、私の都合でこの若者を振り回すことになりはしないか、と、ためらいがあった。

「サソリさん、よければの話だけど、一緒に君の家に行ってもらえるとうれしいのだけど」

「吾の生まれたところだし、行きますよ。スサノヲさん一人では危なっかしいし」

　サソリは、快活に応えたものの、浮かぬ顔をしている。

「スサノヲさん、この前の年、船通山の麓でしばらく滞在することになった時、時も経っていることだし、家を出たってことで怒られることはもうないだろうと思って、それより何より会いたくって、ひとりで帰ってみることにしたのです」

「てて御たちは息災だった」

「それが、スサノヲさん、てても母もいももいない。家は傾いているし、煮炊き用の土器なんかも転がっている。どうしたのだろうかと、じいじい泣かずにおれなかった。吾ってやっぱり人でなし」

「そんなことはない。誰だってて御たちがいないとなるとうろたえる。じいじと泣く、それにだよ、いいかい、君は、たたらの仕事が出来るのに狩りの暮らしを選んだ、親御に会いに行った、行き末の知れぬてて達を心から案じている。そのようなことは、人でなしにはできないことなんだよ」

「スサノヲさんと話していると何だかほっとする」

「私は君の澄んだ目を見ていると、何だかほっとする」

二人は暖かい日差しのもとで笑った。

川面は静かに輝いている。

34　二人してぶらぶらと鉄の里へと

スサノヲとサソリは、スナメリとヌメリに別れを告げた。

スナメリは干し肉を好きなだけ持って行け、サソリのこと、頼むよ、と顔を伏せたまま呟《つぶや》いた。

二、三日過ぎた頃、サソリは川も狭くなってくるので、ここら辺りで魚をたくさん獲ってほしいと言いだした。

「いいけど、たくさん獲っても腐ってしまうよ」

そんなことでは野で生きていけない、と笑いながら干し肉を見せ、何を見ていたのかと遠慮がちに笑っている。

「ああ、そうか、魚も干せばいいのだ」

「そうだよ。はらわたを除けて、干し魚にしておけば日持ちがする。燻製にしたっていい」

「たいしたものだ」

「スサノヲさん、ずるいよ、知らないことがあると、人をほめて逃げる」

「気がついた?! それってほめ殺しっていうの」

「そうか、ほめられると誰も悪い気しない。でも本当のところは、上手《うま》い餌にだまされて猪が落とし穴に落ちるみたいなもんだ」

「サソリさんは私の手のうちを読んでいた。これ程大した大人はいない」

「またまた、そう言ってほめる。スサノヲさんにはかなわない」

「はっはっはっ、ほんとうにそう思うから言っているのに」

「そうですか」

本来の自分に立ち返りつつあるサソリ。

「サソリに嘘をついても仕方がないではないか」

「ええ、ええ、よくわかりました、ということにしておいて、火の用意をしますので、スサノヲさんは、さあさあ行ったり、魚獲り、魚獲り」

「はい、はい、わかりました。紛れもない大人《おとな》のサソリさん」

「いい加減にしてよ、スサノヲさん」

サソリは手際よく魚のはらわたを取り出すと、河原に干した。

サソリがはらわたは少し離れたところにそのまま捨てたのでスサノヲは咎《とが》めた。

「やっぱりサソリさんは野で生きていけない。埋めてしまうと他の動物たちのえさになりにくいでしょう。生き物たちはそうやって助け合って生きているのです」

「そうか、わかった。おとなのサソリさんのすることに抜かりはないってことか」

「おとなの安売りでは効き目はないですよ。そんなことよりも、もう一夜ここで過ごしましょう、燻製にもしたいから」

「先ほども燻製って言っていたが」

「煙でいぶす。木を燻《いぶ》したら木炭になる、同じですよ。これも、日持ちがするし、同じ魚でも干し魚にしたのとはまた違った味がする」

「よく知っているではないか」

「野で暮らすものは誰でも身につけている知恵ですよ。これからしばらく吾の家で過すことになるから、ドングリやクリ、山ブドウ、ヤマノイモ、葛粉《くずこ》、セリなんかも食べられるから、お教えします」

「クリは里で食べた、山の恵みだ。サソリさんといると食べるのに困らない、よろしくお願いします」

「任せておいて」

「鉄もね、サソリさん」

と、釘を刺すことを忘れないスサノヲであった。

「うまくいくかなあ」と、屈託のないサソリ。

「スサノヲさん、もうサソリさんって、やめてくれないかなあ、サソリでいいよ」

「ははは、私もスサノヲでいい」

35 なみだの里

里の暮らしは見よう見まねで馴染《なじ》んでいったが、ここでは一つひとつサソリが手に取るように教えてくれる。

スナメリがいろいろ教えたとはいえ、山野を渡り歩く暮らしのなかで、おのずと身につけたものもあるのだろう。

傾いた家を手直しするのも手際がよいとまではいえなかったが、丸太で補強したり、床には新たに葦を敷き詰め、炉の灰を掻き出し、壁の破れ目は、葦の茎で塞ぐなどして住めるようにした。吾に任せてくれというのでスサノヲが手伝ったのは木の切り出しとか、家の柱の支えを施す時くらいだった。


「ほんと、サソリは何でもできる」

「それもほめ殺しですか」

「とんでもない、感心しているのだよ」

「てての建てた家だからつい力が入ってしまった。懐かしさもあったけど」

「私は邪魔者で、何もかもサソリ一人の手でやりたかったということ」

「炉の灰を掻き出していても、炉の側で休んでいたててが浮かんできたり、家の前に佇むと、いもと遊んでいた時のことが思い出されてきて目頭が熱くなってくる」

「それでいい。大人も人知れずじいじいと涙を流す時もあるって言ったこと、覚えているか」

「ええ、吾の名だし」

「よかったね。生まれた故郷《ふるさと》に帰ってきて、住んでいた家を直して」

「今夜、吾の里帰りの宴を開いてくれる？」

「喜んで、そうしょう、サソリ」

スサノヲは里の暮らし以来、久しぶりに炉の火を見ながら心地よい床に横たわった。

陽だまりを運んできたかのような葦に大の字になると日御碕を出てからの日々があれこれと思い出されて来る。

天井の隙間から月の光が洩れてくるのも同じだ。隣では、はやくもサソリが安心仕切った時に思わず浮かべる微笑《ほほえ》みをたたえた顔をみせて寝息をたてている。

こころ穏やかな日々とでもいうのであろうか。

この若者にとって、何年ぶりかで生まれ育った家に帰ってみると、てて御も母御もいももいない。気がかりであろうに、一心に家の繕いをしている。

それだけ深く、心の傷になっているかと思うと哀れであった。

36　船通山を見ながら

サソリは別人になったようである。

「スサノヲさん、さあ、起きて、起きて。家の隙間から日の光が差し込んでいる」

スサノヲは大きな伸びを一つすると、サソリに続いて表に出た。

太刀や弓矢は置いたままにしておいた。サソリなら騙し討ちに遭っても大丈夫だ。弓が下手で、気の弱いうえに、足の不自由なサソリ一人なら、いかなる事態になろうとも…

「ああ、なんてことを」

スサノヲは、疑い深い己の用心深さを恥じた。

サソリは、スサノヲのそんな思いなどにおかまいなしに、家の周りをうろうろして何かを探しては集め、探しては集めたりしている。

一段落ついたのか、

「スサノヲさん、よかったよ。だいたいの道具は見つかった。道具といっても大層なものじゃないが、あれば最初から作らなくていいでしょう。ててはそのままにして去ったみたい」

「それはよかった」

スサノヲは、その言葉に、サソリ親子の情愛を感じたのだった。

「見てください。これが川底をさらう土器、これが砂鉄を入れる土器。鋳型もある。山刀の形になっているでしょう。鎚もある。たたらはひびだらけだけど、一から作るのも手間がかかるので、このまま使うことにしたけど」

と、言って黙り込んでしまった。

「どうした」

「だって、何もかもある。鉄つくりを止めてしまったみたい」

「ものごとを悪い方に考えると、本当にそうなる。サソリ、てて親たちはどこかできっと息災に暮らしておられる。鉄師より、もっといい暮らしの糧を得られたのではないか」

「そうだといいけど」

「そうだとも。さあ、話を続けてくれないか」

「…あとは木を切り出して木炭をつくり、川砂から砂鉄を採り出せばいいだけ」

「それから、いよいよ鉄つくりってわけだね」

「たたらに木炭を入れ、砂鉄を入れて、どんどん燃やしていけば、鉄ができる」

「それで、砂鉄がくろがねになるの」

「スサノヲさんもこういうことになると、からっきし駄目だね。砂鉄だから鉄になるのは当たり前でしょう」

「そりゃ、そうだが」

「砂鉄を熱くしてやると、ぶよぶよした真っ赤なめくじになる」

「赤いなめくじに」

「そうだよ。赤い炎をめらめらあげて、くねくねと這い出す」

「でも、おかしくない。それでなんで、くろがねって言うの」

「スサノヲさんにはあきれる。冷えると黒くて硬くなるからだよ」

「ああ、そうか」

「砂鉄って、おもしろいでしょう」

「うんうん、粒粒の砂鉄が合わさって一匹の赤いなめくじに化ける。その赤いなめくじを山刀の鋳型に入れて、冷やすと、硬いくろがねでできた山刀にまたしても化ける、不思議なことだ」

「気、確かですか」

「でも、こんな話、びっくりしない方がどうかしている」

「受け継いできただけだよ」

と、サソリは屈託なく笑っている。

「そう言っていたね」

「通りかかったスナメリたちは、びっくりしていたよ。

石の斧なんて鉄の山刀に比べりゃ話にならんと言って、ててに頼み込んでいた。

ててては、『山刀ひとつと鹿一頭、そして四人分の矢尻で、鹿もう一頭ならいい』と言ったの。それで、ててが山刀や矢尻を作るのに精を出している間、スナメリたちは鹿狩りに行って捕らえた五頭の鹿を干し肉にしていたんだ。

いよいよ受け渡しの時に、意を決して、ててにスナメリたちと一緒に行きたいと何遍も頼んだ」

「サソリが何も言わず家を飛び出したとは思えなかった。ちゃんと話し合っていた。でも、てて御は、駄目だと言われた」

「そう。母やいもも悲しそうな顔をして吾を見つめていた。でも、『ならぬ』と怒鳴っていたててては、最後にはもう根負けしたように、『たたらはわしで終わりにする。お前はお前の気の済むようにしろ。お前の力でお前の暮らしを立てるがよい』、と言ってくれた。堪えきれずに、母といもは涙を流していた」

「てて御はさぞかし辛かったのであろうが、サソリがサソリの道を拓くのがいい、と思ってお許しになられた」

悄然とするサソリが、更に打ちひしがれた様子で
「ててては、生きているのやら死んでいるのやら、どうしたんだろ」

「サソリ、じいじいと泣くがよい、思い切り涙を流すがよい。でもね、サソリのてて御は、鉄つくりは、ててで終わりにすると言われたのだろ。鉄つくりにはサソリの手助けが無ければ出来なかったのだよ。サソリなしでは鉄つくりはできないと思って、何か他の暮らしの道を求めて行かれたと思うよ。死んだとは、決まっていない。息災でおられると、私は思うよ。それに鉄つくりに必要な道具一切をそのままにして行かれたのは、サソリが戻って来て鉄つくりを始めるのではないか、それなら、このまま残しておこうとした、てて御の思いだとも言える」

「そうですか。吾なしでは鉄つくりができないって。そうですよね。だったら二つも吾は間違いを犯したことになる」

再び悄然とするサソリ。

「そのように自分を責めてはいけない。間違いは間違いとして、大事なのは、その間違ったことを、これからどのようにして生かせるか、にあると思うよ」

「二つも間違いをしたのに。家を出た。ててが鉄つくりを止めなければならなくなった。吾は、母が手伝えば、やっていけると思っていた」

「母御は、サソリがしてきた力仕事を君に代わってなそうとやってみたものの、サソリでさえ投げ出したくなった力仕事だろう、母御には辛過ぎたと思う」

「そうですよね。吾は随分と身勝手だった」

「若気の至りで、若い時は自分の都合だけを考えて、思い切ったことをしてしまう。サソリだけじゃない。若者の誰しもがなしてしまうことだよ」

「でも、スサノヲさん」

「サソリは、間違いが重なったと言うが、私を見るがよい。私は、日御碕《ひのみさき》に捨てられていた、父や母のことは、何一つとして知らない、私はどこで生まれ、どこで大きくなったのか、なぜ弓矢や太刀をもっていたのか、分からないことだらけだよ。それに、君にはちゃんと父と母、そして、いもがいる」

「そうだった。スサノヲさん。何だか胸のつかえが少し取れたような気がします」

「思い通りにいかないのが世の常だ、と里のオキナは言っていた。それでも、私たちは歩を進めていかなくてはいけない」

「そうですね」

「たとえ間違っていたとしても一歩一歩と歩を進めていくうちに、どこかで間違いに気づくのだ。もうこんな過ちは、二度としないでおこう。これが、ままならぬ世を生きるということではないのか」

「何もかもがこんがらがってしまって、立ち往生する場合だってあるでしょうね」

「そういった時は、はじめに戻って、出直せばいいのだ」

「そういうことですね」

と、言ったサソリの目にひかりが戻っていた。

「手強いサソリと話していたので疲れてきた。たたらはあくる日にしよう。河原で大の字になって船通山を眺めたくなった」

「断っておきますが、スサノヲさんを疲れさせたのは、吾ではなくご自身ですよ」

「サソリも言うなあ」

「でも、たたらで鉄つくりを始めたら付きっ切りになる。一日と言わずに二、三日のんびりしましょう」

37 たたら

粘土を矩形に築き固めたたたらは、底や壁は黒く焦げ、ひび割れがあちこちにあった。上部は開いており、そこから木炭、砂鉄を入れていく。底の方には焚口《たきぐち》が設けてあり、木炭に火をつけるのは、そこでする。また、壁の一つには、鞴《ふいご》が取り付けてあり、鞴《ふいご》を動かして、たたらに風を送る。

周辺には、黒いケラ（日本古来のたたら吹き製法によって砂鉄からつくられる、海綿状の粗鋼）が幾つもほったままにしてあった。

「さあ、取り掛かるぞ」

山から伐りだしてきた木は、腕の長さくらいの大きさに切り、窯に入れて蒸し焼きにして木炭にした。

川底から掬《すく》った土砂は水と一緒に樋《とい》にゆっくりと流して行く。幾度か繰り返すうちに樋の底にかなりの砂鉄が残る。

木炭と砂鉄を用意するだけでも大変な力仕事であったが、サソリに言われるまま、力を合わせ仕上げた。

たたらに火を入れると、手を抜けないので、また二、三日休むことにした。

いよいよ火入れだというと、サソリは手際良くたたらに木炭を並べ、そのうえに砂鉄を敷き詰めると、焚口《たきぐち》に火のついた葦《あし》をくべ、木炭を熾《おこ》し始めた。

「さあ、スサノヲさん、ふいごを力強く動かして」

と言われ、足を上下に動かした。

「もっと風を送って」と、矢継ぎ早の催促。

その度に力を入れるが、かなりの重労働で厄介である。

やがて、たたらの中で木炭が炎を上げ始めた。

熱《あつ》くなった汗が滴《したた》り落ちてくる。

たたらの上からも炎が立ち始めると、サソリはどんどんと木炭を足し、砂鉄を足していく。

「その調子、調子」

サソリの声に励まされて、スサノヲは、熱さに堪えながら鞴《ふいご》を踏み続ける。

もう火の消える心配がなくなってきたので、砂鉄を入れる役と、鞴《ふいご》の役を交代しながらやろうと、サソリが言った。片足が不自由なサソリにとって、鞴《ふいご》を踏み続けるのは難儀なことのように思われる。それでもサソリは公平にやっている。

スサノヲにしても、正直なところ木炭と砂鉄を足す役の方がいい。

サソリに言われた通り、砂鉄をいれると、次は砂鉄の三倍くらいの木炭をたたらに入れた。たたらの熱をもろに受けるので熱いのは鞴《ふいご》の比でない。

二人が汗だくになって悪戦苦闘しているうちに、やがて砂鉄が真っ赤な炎をあげて、どろどろになってきた。

待ちに待った赤いなめくじの誕生である。

「もうひと踏ん張りだ」

「山刀がつくれる大きさまでなめくじが育ったらお仕舞い」

と、威勢のいい声をサソリが挙げた。

頃合いを見計らっていたのか、
突然、スサノヲさん、代わって、ふいごの方、頼みますと言うと、サソリは型取りの用意をし出した。

「ここからが難しい、うまくできるかな」とつぶやきながら、石でできた樋《とい》に赤いなめくじが流れ出るように、粘土で閉じた焚口《たきぐち》を腹這いになって少しずつ慎重に穿《うが》ち始めた。

緊張している様子がまざまざと見てとれるサソリが、

「スサノヲさん、鞴《ふいご》はもういいからこちらを手伝って」と叫んだ。

そして、樋の一方の端を鋳型に固定し、もう一方を焚口にあてた。

「さあ、いきますよ」

と張り詰めた声のサソリ。

「スサノヲさん、樋を一気に、ぐっと一気にだよ、焚口に押し込んでください」

スサノヲも緊張しながら焚口に樋をあてる。

「さあ、いくよ。いい」

とサソリが言うと、ぐいっと樋を焚口に差し込んだ。

どうなることかと、二人は固唾を呑んで見つめていると、赤いなめくじが顔を出し、そのままぬるぬると樋を這って行き、鋳型に滑り込んでいった。

「ぼやぼやしてないで、スサノヲさん、鋳型が一杯になったらすぐ樋を抜いて、焚口を粘土で塞ぐのですよ。手を触れると手が溶けてしまうから気を付けて」

「さあ、今だ」

サソリの緊張した声に、スサノヲは樋をさっと抜くと同時に、焚口を塞いだ。

「ああ、できた、うまくいった」

というサソリの桃色吐息の声に、思わずスサノヲは叫んだ。

「やったね。一息いれよう。くたくただ」

とスサノヲが言うと、サソリも頷いていた。

「よく知っているではないか」

「見よう見真似です。でも、毎回このようにいくとは限らない」

「どういうこと」

「火の加減、それも熱ければ熱い程、いいくろがねができる」

と、ててじは言っていた。

「山刀にしても、出来の悪いものは木を切ろうとして打ち当てると、山刀の方が折れてしまうんだって。砂鉄の良し悪しにもよるらしいけど」

「できあがった山刀が、思い通りになっていないことが多いらしい」

スサノヲは、山刀のことはよく知らなかったが、刀についても同じようなことを聞いたことがあった。

「そうだよ。スサノヲさんだって、里での戦さでは、思った通りに行かなかったと言ってましたね」

「ああ、そのことは、もう言いっこなし、なし、なし」

「先手を打ったのです。上手くいかない時のために」

「こ奴め。やるな。でも、現にやってみるとよく分かったよ。でも、一人ではね。てて御もサソリがいなくては、鉄つくりを続けるのは難しいと思われたのだ。いまやってみてよく分かったよ」

「ははが手伝えば、何とかなると思った。これも言いっこなし、なし、なし」

「君なしでは鉄つくりはできなかった」

スサノヲは、大げさに強く繰り返した。

「それじゃ、ててはは鉄つくりを続けることができないので、ここを後にしたんだね。そう思っていい」

「そうだと思う」

「それならよかった。今日はなんていい日だ。山刀はできたし、先をも見通せる。スサノヲさんに、ててやはは、いもは無事に過ごしていると言ってもらった」

「あれ、先を見通すことができるなんて、言ってないよ」

「わざと褒めたの」

「ははは、私の負けだ。サソリは一夜にして随分と大人になった」

「スサノヲさんが仕込んでくれた、あっはっはっはっ」

「何はともあれ、サソリは鉄を造ることができるのだ、素晴らしいことではないか」

「そんなに褒めないで。これって、ほめ殺しの仕返しのほめ殺し」

「そうだよ、はっはっはっ」

「褒められて、殺されるのも悪い気はしなくなった。ああ、気持ちがいい」

二人の笑い声が船通山の彼方に響き渡っていった。

38　山刀をみつめて

サソリがつくった山刀を見ながら、スサノヲは言った。

「サソリは、ひとつ新たな力を得た。汗だくになって、得ることのできた力を、ね」

「でも、スサノヲさんがいてくれたからできた」

「いや、違う。私はサソリに言われるままやっていただけだ」

「同じじゃないですか」

「違う。サソリに、これをやれ、あれをやれと、言われるままにしていただけのことで、サソリがいなければ、何もできなかった。それに、仕上げはサソリ一人でやった」

「そうかも知れないけど」

「そこが、サソリの偉いところだ。相手の言ったことをそのまま受けとらないで、ちょっと立ち止まって、そして考える」

「スサノヲさんの御かげ、御かげ」と言うと、てての つくった山刀と、この山刀を見比べてみようと、サソリは自分の持っていた山刀を取り出してきた。

「言いにくいが、サソリの山刀より数等、上出来だ。サソリのてて御は優れた鉄師だ」

「ててもほめ殺しにするの。サソリ一族の命、幾つあっても足りない」

「はっはっはっ、命は断ち切られることはない、命は繋がっている、と私は里の人に教わった」

「里には、凄い人がいるんだね」

「里のオキナと話している時に、ものの弾みでくろがねという言葉が私の口をついで出てきた。この時に口にしたくろがねがサソリのつくる山刀にまで繋がっていくなんて、実に面白い。鉄が真っ赤ななめくじとなってごぼごぼと波打つ、それを山刀の鋳型に入れてやると、山刀になった。その赤い山刀が冷えると黒い山刀になった」そう独り言のようにつぶやいているスサノヲの口から、「ひとの鋳型」という言葉が出よう、出ようとしている。

どうしたことか、「山刀の鋳型」に、真っ赤ななめくじを流し込めば、山刀になるのと同じように、「ひとの鋳型」に、真っ赤ななめくじを流し込めば、人となるのか?!

これを逆にたどっていくと、人からひとの鋳型、鋳型から砂鉄、そして船通山の鉄《くろかね》を含んだ花崗岩に行き着く。

「サソリ」

「ああ、びっくりした。どうしたの、そんな大きな声を出して」

「サソリ、聞きたいことがある。船通山のことを人の鋳型からつくられた山とも言ったりしなかったか」

「なんです。それって」

「あるの、ないの。船通山の別名、人の鋳型の山、口の端に上りやすく言うと、人の形をした山、人なり山」

「聞いたことないけど、それがどうかしたの」

スサノヲは、船通山が人なり山のことだと思えて仕方がなかった。

今まで、肥河の源に行けば、私がなぜ、日御碕に一人でいたことがわかると思っていたが、それは私の、太刀や弓矢に関することだった。サソリがつくった山刀、てて御の山刀、そして私の太刀。どれもこれも同じで、違いといえば、私の太刀の方が鋭いというだけに過ぎない。

ひとの鋳型から造られた山、人なり山、これこそが私が求めていたものではないのだろうか。

そして、この『人なり山』に行けば、なぜ、日御碕にいたのか分かるのではないか
「どうだ、サソリ。本当に人なり山のことを耳にしたことはないのか」と、またもやサソリに問い糺すスサノヲ。

「そんな怖い顔して、変だよ。でも待って。吾もいろんなところに行ってるし、いろんな噂も聞いている。ちょっと待って、人なり山ねえ、人の形をした山、そんなへんちくりんな名だったら覚えていると思うが」

「耳にしたこと、ないのか」

「待ってよ、待って…、ええっと、そうだ、ててのことで思い出した」

「てて御のことを聞いているのではない」

「そんなことじゃない。ててのことをあれこれと思い出していると、砂鉄の採れる山があるとかないとか言っていたのが思い出されてきたの。

そう、間違いない。思い出した。山砂鉄、川じゃなくて山から採った砂鉄のことだけど、ててが山砂鉄の採れる山が船通山の他にもある。確かにそう言っていた。山から砂鉄が採れるのか、

「不思議な山があるものだと…」

「待ってくれ、サソリ。不思議な山があると、それはサソリが言ったのだね。てて御は、その山は人の形をした山だから、お前が不思議な山だというのももっともだ、とか言われなかったか」

「砂鉄の源とは、船通山だとも言っていた」

「それはいい。てて御が山砂鉄の採れる山を人なり山と言われたのなら、これほど嬉しいことはないのだが」

スサノヲの高ぶった気持ちは、行き場がなくて、ただ、おろおろしている。

「スサノヲさんは、その、人なり山とかいう山からも山砂鉄が採れると思っているの」

「そうだ。人なり山から砂鉄が採れる。だが、船通山とは何かが違っている山のような気がする」

「その、人なり山に行くおつもりですか」

「そうだ。人なり山が教えてくれる、私とは何者なのかを」

悲痛な顔のスサノヲを見ていると、いたたまらなくなったサソリは、

「てて御が口にした山の名、山の名。人なり山か、いや、そうではなく、人でなしの山…」

サソリは記憶の細道を辿っていく。

「スサノヲさん、その山は、人でなしの山ではないよね」

「なに、人でなしの山、そのようにてて御が言われたのか」

「待ってよ。そう、人でなしの山」

「その話、もっと思い出せないか」

「うん、確か、山の岩に日が当たると、こがね色に輝く、そんな山があると言ってた。てはどうしているのかなあ、ああでもない、こうでもないと思っているうちに、てて と暮らした日々のことがぼんやりと思い出されてくる」

と、サソリは首をかしげている。

「いもが何と言ったと思う、吾の妻になってあげるって。そんなことはできないっていうと、べそをかいていた」

スサノヲはいらいらしながらも、穏やかに言った。

「他に何か思い出したことはないか。その山、どこにあるかとか、てて御は言われなかったか」

「そうせかせないで、そうそう、てがね、黙って辰巳の方を指さしていた」

「てて御は、人でなしの山と言ったのだね」

「人なし山と、確か、その時、呟いていたようだった」

「よく思い出してくれた。ありがとう、サソリ。人なり山も、人なし山も、人でなし山も同じ山のことだよ。ありがとう」

「どれくらいで行けるとかは言ってなかった」

「そんなことは言ってなかった。人でなしと震えながら、そう、唇が震えていて、その口の動きが人でなしと言っているように、吾には思えたんだ。そう、そうだった、間違いない、スサノヲさん、でも、どうして、人なり山と人なし山が同じ山のことだって言えるの」

「サソリ、それは後で説明するから。もっと何か思い出さないか」

「ちょっと待ってよ。ええっと、ええっと、そうだ、こんなこともあった」

スサノヲは期待に胸を膨らせる。

「スサノヲさん、面白いよ。ひとつ思い出したら次から次へと思い出されてくる」

「君の思い出話を聞いていると、羨ましくなる」

サソリを見ながら、スサノヲはサソリの話の先を催促する。

「それも後で聞くから」

「人でなし山っていうから、そんな珍しい名の山ってあるのかなと思ったんだ」

「そうだね。私も人の鋳型なんて、そんな鋳型があるのかと思った。しかし、気になって仕方がない。君の話でおおよそのことが分かったのでともかく行ってみる」

「行かれるの」

「うん、人でなし山に行ってみる」

「スサノヲさんが日御碕で目覚めた、なぜなのか、なんとしてもその謎をお知りになりたいのは吾もよく分かる。でも、それはやめたほうがいい」

「どうして」

「名には由来があるって言ってましたねえ」

そうだが、それがなに、何が言いたいのだと気ぜわしいスサノヲをなだめるかのように、この話は言いにくかったので言わないで済めばいいのだが、と思っていたが、どうしてもスサノヲさんがその山に行くというなら、言っておいた方がいい、と喋り出した。

「山の岩をうがち、砂鉄を採っているうちに、鼻から血がぬるっと出てきたり、口の中にぶつぶつができたり、腹を下したりする者が出てきたのです。しまいには身体が動かなくなり死んでいく。これはもう山の祟《たた》り以外ない、これ以上砂鉄を採っていたら、死ぬどころか、もっと惨《むご》いことが起きそうだと、一目散に逃げ出した、確か、そんな話でした」

「それでは、もう誰もそこで鉄つくりはしていないということか」

「そうだと思いますが」

奈落の底に陥ったような顔になったスサノヲに、サソリは申し訳なそうに、

「もともと、その人でなし山には、入っちゃならん、掘っちゃならん、いろったりしたら祟りがある、という言い伝えがあるんだって」

「サソリ、その話、どこで聞いた。私に言わなかったのは、その方がよかれと思ってだな」

「そうです。スサノヲさんには死んでほしくないから」

と言いながら、スサノヲをじっとサソリを見詰めている。

やがて、沈痛な面持ちのスサノヲが静かに言った。

「いや、サソリ、それでいいのだ。サソリがそう判断したことが大事なのだ。他の人の言ったことに従っていたら、碌でもないことになったかも知れない」

「碌でもない？　そうだ、スサノヲさん、人でなし山の名前って、人に害を加えるから『人でなし山』といったのだと、吾はその時思ったんだよ」

「そうか」

「だって、そうじゃない。人なり山の方は、何となく神々しい気がするが、人でなし山って聞くだけで笑えた」

「サソリはわざと話を面白くしている節がある」

「そんなことないよ」

と、応えたものの、思案顔のサソリであったが、はっと気が付いたのか、

「スサノヲさん、吾は、話をごちゃまぜにしていた」

「何を、だね」

「ててが、人なり山と言った、確かにそう言った。それを、吾は人でなし山の方が面白いと思って、勝手に変えてしまった」

「サソリ、本当か」

「間違いない。ててが人なり山と言ったのを、人なりっていうのがよく分からなくて、人でなしの方だと吾にも分かるので、そう思って、勝手に吾が人でなし山にしてしまった」

「サソリ、人なりというのは人としてもうこれ以上欠けたところや足りないところがないということで、文は人なり、という使い方をする。文章には書き手の人柄や品性が自ずと表れるのだよ。それに対して、人でなしの方は、サソリが言うように、人としての情愛を持っていない鬼のことだ」

「ふうん、そうなの」

「よくあることだ、サソリの心のなかでごちゃまぜになっているというのは当然ありうる」

「もし、そういうことだったら、吾は、ててや母や、いものことを考えずに家を出てしまった、

他所の里を襲ったりもしている。人でなしは吾のことだと思っていたから、ててが言った、人なりを自分でも気づかないうちに、人でなしにしてしまっていたということ」

「そう、サソリは自分で気づかないまま、なりとなしとを入れ替えてしまっていた。サソリは自分のことを人でなしと思っていたから、なりとなしを混同してしまっていたんだ。

でもね。いいかい。ややこしいからよく聞いて欲しい。

その山は、元々は人なり山と呼ばれていた。山のような大波を山なす大波という。これと同じで、人のような山を人なす山という。なすとなりは同じ言葉だから、人なす山といっても、人なり山といっても同じことなのだよ。

それに、神にも、あらたま（新玉）と、にきたま（和魂）の二面がある。人も同じで、悪い面と良い面との二つの面を持ち合わせている。

この人なり山も、有用な砂鉄の採れる岩と、毒を放つ岩との両方を持っている。

とかく人の目は、悪い方に向けられがちだ。毒を放つ岩がある山ということで、サソリが思い出してくれたように、この山に入っちゃならん、掘っちゃならん、いろったりすれば祟りがある、毒を放つ岩を採ってはならぬ、と戒めていた」。

「でも、吾だけでなく、人なりより、人なしの方が誰でも言い易い。だから、いつの間にか、人なり山が、人なし山になってしまった、と思う方が吾にはわかりやすいけど」

「そう考えてもいい。なすは成し遂げるで、例えば、偉業を成す、と言うだろう。偉大な事を成し遂げるには、一将功成り万骨枯るといわれるように、一将が功績をあげる裏には多くの人たちの犠牲があった。ものには、裏の顔と表の顔がある。山は、砂鉄もくれるが毒もくれる、人なす山とも言われるし、人なし山とも言われたりする」

「吾が人なし山と思って笑ったが、半分は当たっていたのか」

「そうだ。サソリ、ものには必ず二面があり、こちらから見た場合と、反対側から見た場合とでは、逆になることもある。

一つの山を、ある面から見れば、人なり山と呼ばれ、別の面から見れば、人なし山と呼ばれることになる」

「ふうん。そういうことか、だから、同じ山がいろんな名でよばれているということか」

「そういうことだ。それで、その言い伝え、どこで聞いたの」

「えっと、どこだったか、この近くの里だ、間違いない。ててたちの家がここから見えるんじゃないか、と思い出した。この近くの里で、猪とその里の特産品と交換している時だった」

「そうか」

涙ぐんだ目でサソリはじっとスサノヲをみながら、

「入ってはならぬ山だったら、やはり人でなしの山だと思うが、それでも行くの」

「サソリ、その山は、人でなし山だともいえるが、山を穢すような、ちょっかいを出した碌でもない連中こそ、人でなし、といえないか」

「うん、そうだね。でも、そんな恐ろしいところにスサノヲさんは行くの」

「ああ、人なり山に行ってみる」

「どうしても。止めた方がいい、と吾は断言する」

「いや、私の命が、懸かっているのだよ」

「そうなの。命に関わること、そういうことだったら吾だって行く。でも、とにかく気をつけてね」

「ああ、ありがとう」

「吾はどうしたらいいの」

「自分の頭で考えろ、と言いたいところだが、頼みたいこともあるから。サソリはもう一人前だ、好きにしたらよいが、スナメリのところに帰ることになっているのだから、ともかく一度、帰るがよい。そして頃合いを見て、スナメリに言うがいい。

　このまま狩りをして暮らしてゆけないこともないが、足の不自由なこと考えたら、鉄師になった方がいいと思っている」と。

「吾も何となくそう思っていた」

と、迷い顔のサソリがしっかりした口調で言う。

「どうだろう、ここはひとつ、私に代わって里の人のために尽くしてもらえないだろうか」

「どういうこと」

「オキナと呼ばれている人がいるから、スサノヲの話を聞いていると、吾がお役に立てるかもしれないと思い、鉄つくりのことですが、オキナにお会いしたくてやってきました、と言えばいい。

　オキナは砂鉄のことは知っているが、砂鉄からどうすればくろがねがつくれるのかわからなくて困っている。鉄のつくり方について話がしたいと言えば、ものの分かる人だから、サソリの話をちゃんと聞いてくれるよ」

私は、鉄のつくり方を覚えて、石の鋤を鉄の鋤にしたいと思っていたが、サソリの方がふさわしい。里の仲間に入れてもらって里で暮らすがよい。合い間に、てて御の行方を探すこともできる。あるいは、鉄をつくっている里があるとの噂を聞いて、サソリではないかと、てて御たちが、やって来ることだってある」

「そうですね…、これからも狩りをして暮らすのは難しい、とスナメリは考えているけど。そうですねえ、でも、里の人にとっては、吾らは憎い山ガツでしょう」

「それはもう済んだことだと思っているよ、里の人たちは」

「でも、吾が里で一緒に暮らすとなると、やっぱり違うと思う」

「はじめはそう簡単ではないだろうねえ。しかし、サソリは鉄がつくれる。オキナは鉄の鋤ができれば、野良仕事は思った以上にはかどるのに、きっとびっくりする。他の里人もそうだ。それが糸口になって、もつれていた糸がほどける」

「でも…、今夜、一晩考えさせてほしい。それで吾が行かないと言うと、スサノヲさんはどうするの」

「君のようにはいかないが、なんとか鉄がつくれそうだから、人なり山に行ったあと、里に戻って鉄の鋤をつくるよ」

「里に戻るのは大分あとになるのですね」

「そうなると思うが、お世話になった里の人たちのことを思えば、そうしたいと思う気持ちに変わりはない」

39　別れの宴

今日も気持ちのいい朝。

朝餉は、河原で干し肉を焼いて食べることにしませんか、とサソリが誘う。

「おや、サソリにしては気のきいたことを言うね」

「なにせ育った家の側の、馴染んだ川原ですから、船通山もよく見えることだし」

「言うことなしって、ところか」

「そうです。鹿の肉はスサノヲさんが仕留めてくれたもの、スサノヲさんの思い出としてこれを食べ収めにしようかと思って」

「おや、おや、どうした、なにか言いたそうだが」

「決めました、吾、里に行きます。スサノヲさんに任せていたら、何時になったら鉄つくれるのかなあって、遠くの空からはらはらしながら思っていなくてはならない」

「言ってくれるねえ」

「思い違いしないでください。これは吾が決めたことで、スサノヲさんに行け、と言われて行くのではないのです。夜も寝ないで考えたのです」

「それでいい。大事なことは自身で決める、それでいい。それにしても、この一月ほどの間にサソリは随分と変わった。鉄がサソリを変えたということか。ところで、里に行くにあたって、ひとつ頼みたいことがある。いいかい」

「なんでも言ってください」

「里の人たちは何事も隠し立てをしないようにしている。サソリが里で暮らすようになったら耳にするかも知れないと思って。

しかし、これはもう済んだことだから気にすることはない、話に出ても笑っておればいい」

と、ぶつぶつと幻のサソリに言っているスサノヲであった。

「なんですか、早く言ってください。気になるなあ」

「それがいけない、ひとの話に惑わされてはいけない」

「ええ、わかっています。じっくり聞いて判断しますから」

と言いながら、

「戦さの件だよ。この話がでてもうろたえたりしては駄目だよ」

と、声を大にしてスサノヲはサソリに言った。

「戦さの時、もう死んでしまっているのに、なおも棒で頭を打ち続けていた人がいただろう。その人はフヒトという。その人の郎女は、ユヅリハというのだが、サソリたちに襲われた一人で、サソリたちの誰だか分からないが、身籠ってしまった」

「フヒトさん、ユヅリハさん、吾はなんて…」

「ユヅリハは、里の人たちが、そんな山ガツの子は、肥河に捨ててしまえと言うのを振り切って、ひとりで御子を育てている。私は、ユヅリハの赤子を慈しむ姿を見て胸が裂けそうになった。

でも、サソリなら、ユヅリハの力になれる。ユヅリハが苦しんでいるのを見たら、力になってほしい」

「吾は本当に屑だ。そのユヅリハさんって人は偉いお人だ。…あの時、何だか恐ろしくて、でも、してみたい気も心のどこかにあったかもしれない」

「自分に嘘をつかない、サソリの偉いところだ。しかし、ユヅリハは、自分で産んだ子にまつわる話は何もしない。そんな心ある、心の広い、綺麗な人だ」

「スサノヲさんがそう言っても、吾なんか何の役にも立たない」

「いや、サソリは今、自分のことを屑と言ったではないか、そういうふうに自分を見つめ、糺していこうとしている。それが真の大人だ、サソリならできる」

「やっていけるでしょうか」

「何を言っている。里の人は、最初はサソリを見て、ユヅリハをこんな辛い目に合わせた憎い奴だと思うかも知れないが、心あるサソリの姿をみているうちに、そんなわだかまりも次第になくしてくれる」

「及び腰になっては駄目だということですか。ユヅリハさんは身に降りかかった災いをうろたえることなく受け止められている、逃げることをしないお人なのですね」

「その通りだ」

「聞いて下さいますか。恥ずかしくって誰にも言えなかったが、スサノヲさんなら構わない」

「なんだい」

「実は、先ほどのことです。みんなの手前があって、家に押し入って郎女を連れ出したことは連れ出したのですが、あまりにも郎女が泣き叫ぶので、何もしない、怖がらなくていいとなだめすかしていただけでした。逃げられては困るので、腕はつかんでいました、ちょっと髪の毛に触れたりはしましたが…」

「やはり、そうだったのか。よく言ってくれた。これでサソリがユヅリハの子のてて親でないことだけは確かだ」

干し肉のこんがりと焼けるにおいが漂ってきて、船通山の方に流れていく。

「これを食べ終えたらサソリは肥河を下って行き、私は肥河を超え、辰巳の方角へと旅立つ。これからは、サソリには里の暮らしという、新たな生活《なりわい》がある。私は、人なり山に辿り着いたにしても、私の探しているものが、何なのかは、分からないままかも知れない。でも、サソリ、私は人なり山に我が身のすべてを捧げるつもりだ。本当にサソリに会えてよかった。

ここでサソリと別れることにしていたが、サソリのユヅリハへの想いを聞いて、意を決して言うことにしたのだよ。恥ずかしいのだ、私が」

「何を言い出すのですか」

「黙って聞いてくれるか。私は狡《ずる》いのだ。里のオキナと私の名のいわれについて話している時、スサノヲという名前のスサは、すさぶるの意味もあるが、砂鉄の意味の方がふさわしいということで、くろがねとした。ノは、ので接続詞。ヲは、尾根で、船通山の尾根ということで、オキナは、船通山のくろがね（鉄《うろがね》）でつくられた太刀で世を糺《ただ》していく人、それが、すなわちスサノヲの名の由来だと言われた。

私も名を汚してはいけないと思うことにしたが、オキナは知っていた、私も気づいていた。ス・サ・ノ・ヲとは、鉄の男、それだけのことだったんだ。

オキナはこころある人だ。私はそれをいいことに太刀で世を糺す人だということにして、いい気になっていた。

しかし、今のサソリの独白の言葉を聞いて恥じた。サソリは、ユヅリハさんはうろたえることなくと言った、その通りなのだ。

ユヅリハさんは、こころある人だ。サソリは、私のようにごたごたと言い訳めいたことなど言わずに、ユヅリハさんは、うろたえることがなかった、とさらりと言ってのけた。そこがサソリの偉いところだ。

私は、いつも考える振りをして言う。振りに狡《ずる》さが入り込む。

自分が鉄の男に過ぎないのなら、かつてのサソリたちのように里を襲うことだってする。太刀にものをいわせて、里の人たちにすごみを利かせることだってする。心のなかでは、よこしまな思いが渦巻いていても、全部押し隠して、鉄の太刀で世を糺《ただ》す男だと思うようにしていたが、そこに私の狡さがある。今の君の言葉を聞いて思い知ったよ」

「そんな、吾は何も、そんな風に考えもしていないのに」

「いいのだ。これからは私もサソリを見習って、考える振りをするのを止める。では、サソリ、これでお別れだ」

「待って、スサノヲさん、一つ、約束してほしい。里に必ず帰ってくる、と言ってください。待っていますから。それから、この山刀は吾の身代わりとして持って行ってください」

「ありがとう。そうするよ、さよなら、サソリ」

V　スサノヲの戦い

40　鳥髪の滝

スサノヲは、船通山の麓まで来た。

肥河は山合いより崖を伝ってごうごうと流れ落ち、叩きつけるようにして滝壺に流れこんでいる。ここからは頂まで登っていくことになるので、しばらく、ここに留まることにした。水際より少し奥まった処に寝床をつくって、誰か通りかからないかと待つことにした。

激しい水音が絶えず聞こえてくる。

落ち着くと、オキナやユヅリハのことが思い出されてくる。サソリは里で無事にやっていけるであろうか。スナメリたちも里にいくのであろうか。
二、三日が過ぎた。
人の気配を感じたスサノヲは、水音に混じる足音に注意を払った。

遣《や》って来たのは一人のヲノコだった。

「崖から流れ落ちる滝、みごとな眺めですね」

「おや、おまえさん、見かけない顔だが、ここは初めてかい」

「ええ、肥河を遡って、ここまで辿り着いたところです」

「そうかい。この滝は鳥髪の滝って呼んでいる。ほれ、そこに見えている山道を登っていくと滝の上に出られる。さらに登っていくと、船通山の頂に出る」

「行かれたことがあるのですか」

「何遍もな」

「どういったところです」

「どうってことないよ。大きな石がごろごろしていて、その間を幾筋も水が流れているだけのことよ。小さな流れであっても合わさって崖を駆け降りると、ほれ、こんなすさまじい滝になる」

「そうですか。そこらの石、黒っぽくなかったですか」

「石、そう言われればそのように見えないこともなかったかな」

「水の底には砂鉄が見えなかったですか」

「見えていたよ。それがどうしたっていうのだ」

「いえ、肥河で砂鉄が採れるって聞いたものですから」

「砂鉄を採って一儲けするつもりかい。おまえさんは武人だろ。武人もそんなことをするのか」

「武人でないから鉄つくりで暮らしを立てようかと思っている」

「からかわないでよ。その身なりじゃ誰が見たって武人だ」

「それはそうなのですが、これには訳があるのです」

「いい、いい。誰にも他人《ひと》には言えねえことが一つや二つあるさ」

「そう言っていただけると心が休まります。ところで、そちらから来られたが、辰巳《たつみ》の方角ですよね」

「ああ、そうだが、それが、何か」

「肥河のことも、砂鉄が採れることも、船通山のことも、鳥髪の滝のこともよく知っておられるので」

「そうだが」

「この辺りに船通山と同じくらいの高さの山で、山砂鉄の採れる、人なり山って、ご存じないですか」

「さあ、わしの里は一刻も行けばあるが、そんな山、聞いたことはない。だが、山砂鉄ってのには覚えがある」

「ほんとうですか」

「砂鉄ってのは、肥河で採れるものだと思っていたものだから、おかしなこともあるもんだと思ったことがあるのでなあ」

「誰から聞いたのですか」

「旅の者だが」

「そうでしたか」

「鹿の肉と米とを取り換えながらよもやま話をしておってな」

「その人、どこだと言ってました」

「よくは覚えていないが、なんだったかな、そうそう、里より坤の方にある山だと言っていた」

西寄りか。山砂鉄のことをこの辺りでも耳にするからには、「人なり山」はそう遠くではあるまい。

スサノヲは身体に戦慄が走るのを覚えた。

41　山越え

鳥髪の滝から船通山を仰ぎ見ると、東にも西にも同じような山が連なっている。

先ほどの在の者は西寄りの南の方だと言っていた。

鳥髪の滝からは肥河と分かれて、別の流れが東の方に流れている。

スサノヲは、この流れに沿って向かうことにした。

浅瀬を渡り岩場を超え、歩を進めて行く。川は、山合を流れているので木々が迫っている。流れの深くなっているところでは、岸に這い上がり林を分け入って進み、深みを越えた辺りで、また河原に下りる。そして、さらに進んで行く。

夜ともなれば、岸に上がり、サソリの造った山刀で、周囲の灌木を薙ぎ払い、というよりも切れ味が悪かったので、薙ぎ倒すようにして、人ひとり寝転べるほどの広場にして、そこを寝床にした。

サソリから教わった、食することのできる木の実や山菜などがあれば、干し肉の付け合わせにした。鹿が食べているものなら大丈夫、気掛かりなら火をとおしたらいい、というサソリの言葉を守った。

里での暮らしやスナメリ、ヌメリやサソリとの暮らしを通して、スサノヲも山野で生きていくことができるようになっていた。弓矢や山刀が役に立ったのはいうまでもない。

42　ひだるし

幾日目になるか、行く手が大きな淀みになっていたので、川から這い登った。みると、そこは見渡す限り岩のごろごろした荒れ野だった。

竹筒に入れた水は今のところ充分ある。干し肉もわずかだがある。ともかくここを抜け出さなければならぬ。こんな荒蕪地では、鹿もおらず木の実もない。地面を忙しそうに行き来している蟻では腹の足しにもならない。

蟻は何を食べているのであろうか、と思いながら、ぼんやりと空を見ていると、ハヤブサが飛び回っていた。矢の届かない高さである。どこかに餌となる鳥や虫がいるのであろうか、と耳を澄まし目を凝らしてもそれらしいものは見あたらない。

窮地に陥るのではないかと、危惧の念を覚えた。スサノヲは、辺りを注意深く観察し始めた。

里での暮らしがいかに居心地のよいものであったかが思い出されてくる。野良仕事も辛いことは辛いが、飢えることはまずないので、やはり里の生活は安心である。収穫した米が思ったほどでない時もあったが、飢えることはなかった。大水で水路が壊れることもあったが、里の人たちは互いに助け合って生き抜いてきた。

スナメリのような山ガツの襲撃を受けたり、内輪揉めもあったり、悪巧みをする者も出たりしたが、オキナが中心となって、里の人達をまとめてくれたお陰で無事、収まりを付けた。

総じて、のどかな里であった。すべてが神はかりで決められていた。ただ、そういったことができるのは三〇人ほどの里であったからだ。これは重要な要素であった。

他方、スナメリたちはどうかと言えば、狩り以外に、ゆすり、たかり、略奪、窃盗などしている。里人たちには、雪の季節以外は、畑仕事が朝から晩まで待ち受けていた。スナメリたちはどうか、森から離れさえしなければ、森には獲物が沢山いたから、獲物がたくさん獲れた時は、干し肉などにして貯え、そういう時は、しばらくの間は日がな一日のんびりと過ごすこともできた。

森から森へと渡り歩いても全く獲れない時はどうなるか、他人事ではない。飢え死に直面しているスサノヲ。飢え死にしたくないなら、この岩山を抜け出すしかない。

決断するしかない。

スサノヲは左手を真っ直ぐ降りて行くこととした。

足下は悪く、かなり急な斜面になっているので、気を許せばずるずると滑り落ちていくことになる。一層のこと、転がるようにして落ちていけば、思いのほか早くに麓あたりの、茂みのあるところに辿り着くのではないか。

決断する他なかった。しかし、誤っていればそれまでだ。

43　どこまでも

スサノヲは、荒蕪地を駆け下りていったので、日が暮れる頃には元いたところからは、かなり遠ざかっているように見えたが、荒れ野が茫漠と広がっていることには何ら変わりはなかった。

遮るものとてない山肌の少し窪んだところに身を縮こませながら、最後の干し肉を噛みしめて
ゆっくりと胃に納めた。細心の注意を払って竹筒より一滴、手のひらに垂らすと嘗めまわした。

思いのほか寒い。

空を見上げると、変わることの無い星月夜。

星や月が私を見ている。

そう思うと、スサノヲの目から涙が一筋流れ出した。

夜のしじまに包まれたスサノヲ。

疲れのためか、ほどなく寝入ってしまった。

何の警戒心もなく眠ってしまったのは、初めてのことである。

思えば、絶えざる警戒心が我が身を不自由にしていたのだ。


穏やかな日の光に起こされると、大きく背伸びをし、再び下り始めた。

膝は痛むが、かまわず下り続けた。

水もすっかり尽きた。

ふらふらしながら、なおもずるずると滑るように下りていく。

ひだるさと渇きは、夜になって寝ころんでいる時に、ひりひりと感じられた。

下っていく最中では、そんなことを気にしていては転がり落ちかねない。

翌朝、スサノヲは、立ち上がる力もなかった。しかし、このままでは野垂れ死にするしかない。太刀と弓矢と荷を一まとめにし脇に挟んで、そのまま一気に駆け下りた。

最後の力を振り絞って、だが、身体の均衡が崩れたかと思うと、どさっと窪みに落ち込んだ後、勢い余ってそのまま急斜面を転がって行った。

気が付くと、そこは蓬髪《ほうはつ》とした草原であった。

起ち上がると生気がみなぎってきた。

廻りを見回すと、船通山の山並みが後ろ手に見えた。

もう少し、このまま下った所から左手に真っ直ぐ行けばサソリの家、肥河沿いに下ればユヅリハたちの里だ。

おおよその見当が付いたので、スサノヲは難が去ったと思った。

そうなると、気分も軽やかで、一気に下って行った。

次第に丈の高い草が多くなり、灌木帯のところまで来ると、やにわに草を鷲掴みにすると頬張った。今夜はここで過ごすことにして、周辺を窺った。

喉の渇きは収まっているが、腹がごろごろするのを我慢しながら、なおも注意深く探っていると、草が少し傾いでいるところがある。

日が暮れる頃、そこら辺りで獣の気配がした。腹這いになって身を潜め息をころし、目を凝らして見ていると、一匹の兎が姿を現した。

間髪を容れず矢を放った。眉間を貫いた。

すぐ火をおこし、兎の皮をはぎ、まだぬくもりのある兎の体をあぶった。食欲をそそるような饐えた香ばしい匂いがただよってくる。

ふと見ると剥いだ皮に血が滲んでいる、血抜きを忘れていた。美味しいとはいえなくとも人心地のついたスサノヲは横になると、炎をながめながら、一歩間違えば飢え死にするところであったのを、こうして生きながらえたのは、何か大きな意志が働いて、私の手に山砂鉄を握らせようとしているのであろう、と思えるのであった。

心に余裕を持ったスサノヲは右手の遠くの方から川の音がするのを捉えていた。

河原を下って行った、あの川の流れだと思える。

徐々に謎が解けてきた。

船通山の山腹から鳥髪の滝を経て、二つの川が流れ出している。ひとつは肥河、肥河では砂鉄が採れる。サソリのてて御は鉄師、肥河のそそぐ海、私の目覚めた日御碕、肥河が造り出した扇状地。

間違いない、人なり山はここにある。

ここでは狩りができると思うと気掛かりも徐々に消えていった。

その夜のことである。

ガサガサという大きな音に目覚め、何事かと身構えた。音のする方に忍び寄ると、鹿の二倍もある、足の短いずんぐりとした獣がのそのそと歩いていた。月明かりのもとで追っていくと、獣はぬた場（イノシシやシカなどの動物が、体表に付いているダニなどの寄生虫や汚れを落とすために泥を浴びるぬたうち）に出ると、そこで泥遊びを始めた。月光で牙がきらっと光った。

この獣は、スナメリたちの言っていたイノシシに違いない。それにしても大きい。こんな図体で人よりも早く駆けるのかといぶかったが、この巨体なら牙で人を突き殺すくらいは造作もない。怒らせてはならぬ、撃ち取るにはどうしたらいいか、と気配を殺して、考え込むスサノヲであった。

44　イノシシとの戦い

スサノヲは、昼間のうちにぬた場に行き、イノシシの足跡や泥の様子を見てみた。

昨夜は月明かりではよく分からなかったイノシシの動きがぬた場には、泥の形として残されている。重なり合いながらもくっきりと残されている跡は、何度もイノシシがとった仕草の跡である。背を押し付けたような形になっているものもある、仰向けになった時にぐっと背中を押し付けていたのであろう。

昨夜は、気ままに転げまわって遊んでいるようにしか見えなかったが。狙いはここだ。イノシシが、仰向けになる、その時ほんの少しの間であるがじっとしていることになる。その時を逃さず、喉元に矢を放てばいい。すると、イノシシは慌てふためいて立ち上がろうとする、その時にも喉元が見える、そこに二の矢を放つ。しかし、矢で弱っているとはいえ、あれだけの図体、怒り狂って突進してくるに違いない。それをかわすのは難しい。たとえ、一度は身をかわしても幾度となく襲ってくるイノシシに、最後には牙で突き上げられる。

ならば、受けて立つ。恐怖を押さえ、太刀を抜き放ち仁王立ちになって、突進してくるイノシシを迎え撃つ。間合いを計りつつ、一尋（約一八〇センチメートル）まで迫ったところで地を蹴りあげイノシシの首筋に太刀を突き刺す、太刀はそのままして横っ飛びする。ものの五尋（約九メートル）も突き進めばイノシシはどさっと倒れるであろう。

あとには断末魔の低い叫び。

張り詰つめた気を持ち続けるのは難しいので、今夜やることにした。

夜になると、残しておいた兎の肉をぐっと噛み殺すとぬた場に赴いた。

間合いを五尋とり、木陰に身を潜め、イノシシの現れるのを待った。

イノシシとの戦いは策通りに上首尾に終わった。

運ぶのは重くてできないので、ぬた場への獣道は避け、イノシシを倒した近くに場所を変え、しばらくの間、そこで暮らすことにした。

45　独り立ち

里に行くまでは、魚を獲って腹を満たしていた。

里では、米を食べていた。

スナメリたちのところでは鹿の肉や魚を食していた。サソリとの暮らしでは山草も加わった。

今は、ひとりでイノシシを捌き、干し肉にしたり燻製にしたり皮をなめしたりしなければならない。食べきれない肉は、何かと交換したりもしなければならない。また、山、川などを元に地形を読んで、今、何処にいるのかを、いつも見定めておく。地名については、その地名の由来やいわれは何かを、食べ物が手に入るかどうかを、絶えず気を付けておくなどして、身に迫る危険を逸早く感じとる。そうしなければ、命を落とすことになる。

46 鷹入の滝

かすかな水の音をたよりに、木々を分けて進んでいくと、落下する水音が聞こえてきた。さらに歩を進めると、激しく水しぶきをあげている滝が姿を現した。満々と水をたたえている、滝壺から流れ出ている川がある。川沿いは道になっている。

烏髪の滝とは違う。

肌寒かったが、滝で全身を洗った。砂埃やイノシシのにおいを流し去ると、すっきりした。裸のまま石に腰をかけると、ひんやりして熱が奪われていくのがわかる。

夜にならないうちにと、スサノヲは引き返した。

イノシシの肉をぐつぐつ煮て、腹がはちきれそうになるまで食べ、満ち足りた気持ちで寝転がった。空を見上げれば、今宵も満天の星空。

生きるとはこういうことだと思いながら、いつしか眠りに就いていた。

翌朝、三度に分けて、イノシシの肉や鞣した皮を滝まで運んだ。

激しい音が耳をつんざく。

行く雲、流れる水。今までとは違う、心の叫びのような水音、つぎつぎと叫びが起きる。いつになく心が騒ぐが、目の前のことをしなければと、滝より少し奥まっていて、往来する人の見て取れるところに寝床を設けた。

その夜の夢に現れたのは、深い滝壺のなかに見え隠れしている、大勢の死人の顔であった。

47 金屋のお社

三日ほど経った頃、一人のをとこが近づいてきた。

声をかけると、怪訝そうな顔で、

「おや、こんなところでなにをしておいでか」と尋ねてきた。

「しばし、暮らしております」

「それは、それは」

「この滝はなんというのですか」

「鷹入の滝と言っておるが」

「何かいわれでもあるのですか」

「さあ、昔からそう呼んでいるが」

「そうですか、船通山はご存じですか」

「知っておるが」

「人なり山は」

「さあ、おかしな名の山だが、その山がどうかしたのか」

「山砂鉄が採れるのです」

「ふうん、そうかい。金屋のお社というのがあるにはあるが、なにか関りでもあるのかな」

　スサノヲの心は騒いだ。

「ちょっと待ってください。今、かなやと言われたが」と話をさえぎった。をとこはのんびりと、

「金屋がなにか。金屋っていうのはたたら師のことだが」

「たたらですって。それで、お社《やしろ》っていうのはなんですか」

なにをこんなに慌てふためいているのかと、スサノヲをあきれ顔で眺めながら、

「何も知らぬお人や。死んだ人を祭る家のことだよ」

「それでは、鉄をつくる人が亡くなると、そのお社《やしろ》にお祭りするってことですか」

「そういうことになる。じゃが、お社と言っているが祠みたいなものだそうだ」

「どの辺りです」

「行きなさるのか」

「ええ、行ってみたいのです。お話を聞いていると、どうもその金屋のお社《やしろ》辺りに山砂鉄の採れる山があるような気がしてきたのです」

「変わったお人じゃ。なんでも山合いの道を二、三日行けばあると聞いておる」

「その山合いの道はどこにあるのです」

「ここから北よりに二日ほど行って、西に折れるとすぐ鳥髪の滝に着く、そこから」

「鳥髪の滝ですって」

　またしても叫ぶスサノヲ。

　こう話の腰を折られては往生するとぶつぶつと言いながらも、をとこは話を続けた。

「そうだが、鳥髪の滝を知っておいでか」

「知っているもなにも、鳥髪の滝からここに来た」

「そうだったのかい。そんなら話が早い。鳥髪の滝から南に二、三日ほど下ったところにあるらしい。初めから鳥髪の滝から行けばよいのに、よくもこんな所まで来なさったものじゃ」

「金屋のお社《やしろ》のことは、今聞いて初めて知ったもので」

「おっと、そうじゃった。これは相すまぬことで」

　そこら辺りの山で、砂鉄の採れる山が人なり山かも知れないと思うと居ても立っても居られない。

「ありがとう、本当にありがとう。あ、そうだ。お礼というほどではないがイノシシの肉、どうですか」

「イノシシだって、そんなおいしい肉、どうなされた」とひどく驚いたのを余裕がでてきたスサノヲは、にっこりして、

「ひとが悪い。どこぞから盗んできたとでもおっしゃりたいのか、ははあ、捕まえたのですよ」

「ひとりで」

「そうですが」

「これは驚いた。前のことだが、通りかかった狩人がイノシシの肉と取り換えっこしたいという。なんだか胡散臭かったが、どんなものかと火にあぶって食べてみたら、これがなんともおいしくって」

「それはよかった。たくさんありますので持って行ってください」

「それはそれは、里の者の分までありますか」

「鹿の倍ほどありますから里の人たちにも持ってってください」

「ええんかい、そりゃ、皆な、大喜びだ。いい人と出会ったものだ。だが、待てよ、嬉しい限りだがみんなの分ともなれば、持ち切れないから、どうです、栗やクルミをめいめい持ってくるよって、明日の朝、一番に来るってことで」

スサノヲがうなずくと、をとこは小躍りしながら帰っていった。

スサノヲはこれほど喜色満面を体全体で表す人を見たことがなかった。喜びを味わうにしても里人と共にするのかとうらやましかった。

十日分ほどの干し肉と燻製の肉を残してもまだまだある。

48 金屋へと

鳥髪の滝まで引き返した。

道はないだろうかと南側の生い茂っている辺りをあちこち掻きわけ探っていると、周りより枝がまばらになっているところがあった。道の跡らしい、ここが金屋への道だろうと安堵し、肉をかじりながら天を仰いでいたが、木々の枝に阻まれてよく見えなかった。

樹海のなかの笹船

夜も更けてくると、漆黒の闇の中で聞こえてくるのはざざっという滝の音。

それが幾重にも重なってくると、わらわらと猛々しい叫び声となって笹船を揺るがす。

滝の一滴一滴が死びととなって落下してくるのが見える。

スサノヲは、暗闇のなかでは何も見えもしないのに、おかしなこともあるものだと思ったりしていると、体が金縛りにあったかのようにぴくとも動かなくなった

なにかが変わろうとしているのだ。

夥しい死の先に

ややして滝の音が無音になった。

矢や太刀では死なない死。

ときじくのかくの木の実などないと承知していても、スサノヲは背筋に冷たいものが走るのを覚え、恐怖の最中に置き去りにされた。

黙って対峙する以外にどうにもならない死。

私がいま食い終えたイノシシの肉はほんの数日前までは生きていた。猪は私が殺すまではミミズを殺して食っていた。死した鹿にはうじ虫がもこもこと動いている。

地にも、地の下にも、海や川にも無数の生き物がいて、私たちと同じように「生老病死」を果てしなく繰り返しているということか。

思いは千里を走り、その夜はまんじりともせず朝を迎えた。

どうしたものかと、改めてイノシシの干し肉を眺めた。

日差しがだんだんと強くなってくる
あたり一帯は生気に満ちてきた
心なしか干し肉もふやけていくようだ
酔眼朦朧のスサノヲは、干し肉を鷲掴みしたまま、深い眠りに陥っていく。

しかし、体は眠りについていても心は違う。

揺らめく死びと。

死を目前にすると、いかなる生き物だっておののく。鹿だって狩人がいるといち早く逃げだす。

魚だってむざむざと殺されたりはしない。また鹿が食べている草だって、殺されても新たな芽を出す。

ありとある生き物は食われたり食ったりしながら生き死にの営みをしている。

だが、しかし、しかしだ。

殺しとゼニ儲けを生業にしている奴らどもは、いかなる場合でも、いかなる時にも食っているだけだ。

燃えたぎる心で、スサノヲは徐々に思い出していたのだ。

そうだった。そんな世がうとましくて逃げ出したのだ。

笑いながら食っている、あほうにつける薬はないと言いながら食っている、いくらでも代わりはいるとほざきながら食っている、そんな世から逃げ出したのだ。

ぶよぶよの腹を丸だしにしてむさぼっているヤカラどもは
それは隠し部屋で日々無造作に行われているのだが、
そこにはありとあらゆる情報と薄汚い大量の金塊があり、贅沢な調度品に囲まれながら、もはや武器ではなく単なる飾り物になっている弓矢や太刀をほくそ笑みながら見ている。
私たちを隠し部屋の肥やしにし、用済みになると毒まんじゅうを食わせる。幾重にも張り巡らした鉄壁に守られながら、折りをみて、私たちのすぐそばにミサイルを撃ち込んで脅す。
核弾頭も意のままともなれば、まさに恐るべき隠し部屋。
もはや疑う余地もない。
そんな世からやっとのおもいで逃げることが出来たのだった。
そして、弓矢や太刀が本来の用をなす時代に辿り着いたというわけだ。
奴どもを打ち倒すにはみなもとに立ち戻り、白兵戦に持ち込むしかない。
日御碕で目を覚ましたのには意味があったのだ。
再生の地
雲立つ地、八雲の色に志を染める地、出雲
雲出づる地

この地では、一人ひとりが雲を呼ぶ。

「自由・平等・博愛」は三百万年もの長きにわたって奪われたまま。

取り戻す方策は戦後の社会に見出される。

もはや戦後ではない、貧しい敗戦国ではないと叫ばれたのは国破れてわずか十年後のことであった。一億総中流だ、テレビも車も家もある、町は賑わっている。だが、夕食の席には父の姿はなかった。

銀行では家のローンの書類が山積みにされている。

中流と、むなしく響くなか、身を粉にして働いた。

異議ありと時に叫ぶ声があっても、ヤカラどもは隠し部屋におるので痛くもかゆくもない
微動だにしない。何ら変わらない。草木がヤカラどもになびいている限り、何ら変わらない
盗人に追い銭で、ヤカラどもの隠し持っている核弾頭にしたって、元は私たちのゼニ
どこまで私たちはお人好しなのか。

次第に点が線になっていく。

49 青い鳥

おりしも、国際連合より「世界幸福度報告書」が発表された。

一五七の国で、一位はデンマークで、あとスイスと続いている。
ＧＤＰ世界三位の経済大国であるスサノヲの国、だが、一人当たりのＧＤＰでみてみると、なんのことはない、三一位である。幸福度もそれに比例するかのように五三位で、三年前の四三位よりさらに悪くなっている。なにをもって幸せかはひとによるが、社会福祉とか社会的自由が幸福度の主要なファクターになっていることから考えて、これらの要素が大きく幸福であるか否かに関係しているのは異論のないところだ。
社会に自由がなければ、弱い者は見捨てられる。それならまだしも最後には奴隷にされてしまう。国富みて民疲弊。過労死するほどの労働によってかろうじて支えられている家庭、そんな危うい家庭になごみなどないと思うと、スサノヲは目まいを覚えた。
満開の桜の下ではしゃぐ親子の光景が浮かんでくる。数万の人が大文字の送り火を眺めている光景も揺らめきながら、
うごめく鳥髪の滝壺の光景に合わさっていく。
私たちは滝壺で泡立っている一つひとつの泡
落下してくる時は流れに乗る裸の王様だが、滝壺で待ち受けているのは無間地獄。
目を刺すような水煙から思わず目を背けるスサノヲ
しかし、逃げては駄目なのだ。諦めては駄目なのだ
写し絵となった放射能のプルーム
スサノヲは内なるスサノヲに気づき始めていた。

金のなる木を我が物にしたい、たったそれだけのことで、ひとが触れてはならない原子の火に手を染めてしまったヤカラどもを凝視しながら。

私たちは死の灰の降るなかで暮らし、苦しみながら、やがて死んでいく。そして、放射線に照射された私たちは、私たちの子を、その次の子をまたその次の子も無間地獄に突き落とす役を担う。

いな、いなと産声をあげる子。

天と地との狭間、そのはざまで宙吊りになっているスサノヲ。

生きるも死ぬるもかなわぬ身
それは、東京電力福島第一原子力発電所で起きた核の暴走を皮切りにして始まったことによる。

キノコ雲を避けるようにして、スサノヲは逃げ出した。

怒髪天を衝く「フクシマ」から逃げ出した。

静かな死の序奏
バリアの向こうで、夜な夜な行われているヤカラどもの酒池肉林。迂闊に近づこうものなら一刀両断か八つ裂きにされる。

頬被りして逃げたスサノヲだが
せめて、あとに続けと叫んでみたものの、続く者とていなかった。

たぶらかすには、九の虚を一の実でまぶすだけでいいのだから、造作なく糸のこんがらがった世にすることができる。

背後でせせら笑っているヤカラども。

気色悪いったらありゃしない。

犬の遠吠えではないぞ。

スサノヲがスサノヲに目覚めた時、
罪は万死に値する奴らを等活地獄に送ってやる。

そこで五体を粉々に裂かれ塗炭の苦しみのなかで息絶えよ。しかし、それで終わりではないぞ。

風が吹くと元の身体となり、再び裂かれる苦しみを味わうこととなる。

生き死にの苦しみを未来永劫にわたって味わへ

Ⅵ　旅立ち

50　金屋とフクシマ

追憶にひたるスサノヲではあったが、どうしても分からないことがあった。人なり山では、花崗岩から放出される毒に恐れおののき、鉄つくりの人は逃げ去った。だが、「フクシマ」では、東電の原発が核爆発を起こしても、被災した人々は避難こそしたが、逃げ去らなかった。

「避難する」と、「逃げ去る」とでは違う。

よしんば、「避難」だとしても、「安全なところへの避難」と「緊急避難」とではやはり違う。「緊急避難」はやむを得ずとりあえず避難する、といった意味合いでしかない。

ヤカラどもがとったのは、核爆発を起こした福島原発から三〇キロ離れた地点まで退避させるとの緊急避難措置に過ぎない。

被災した人たちはそれに従った。二百キロも三百キロも離れた地でも安全ではないとの声は一顧だにされないままに。

スサノヲは、生殺与奪の権までヤカラにゆだねているなんて、有り得るのかと不思議でならない。被曝しても大量でなければ、症状が現れるにはかなりの歳月を要するということだから、時の流れが被曝の底知れぬ恐ろしい症状をベールで被う役割となってしまう。

そして、症状が出てもこれといった有効な治療法がないまま悶え苦しみながら死んでいく。「原子の火」は制御など出来ないのだ。

制御できない核物質を用いて発電したり潜水艦を動かしたりすること自体が神への冒涜。大気中に一たび放出されると万単位の犠牲者をだす代物。いくら細心の注意を払っても神ならぬ身、人為ミスは必ず起きる。原発では地震による核爆発も起こる。しかも、放射性物質は半減期を経て強さは弱まっていくにしても、万単位の長きにわたって、ありとある生き物を死に追いやっていく。

どうすればいいのか。

金屋のお社が被曝の真実を顕わに示しているというのか。

スサノヲはくらくらしてきた。

目の前の出来事と歴史の底に眠っている出来事とがうまく噛み合わない。

日御碕、太刀と弓矢、オキナやユヅリハ、スナメリやサソリ、肥河、砂鉄、まだ見ぬ山砂鉄。写し絵のような、東京電力福島第一原子力発電所、東日本大震災、白血病、甲状腺ガン、奇形児、一メートルまで伸びたタンポポ、耳なしウサギ。

だが、しかし、狂った時系列がほんのわずかであるが、正常な動きを取り戻しつつある。

糸がほぐれかかっている。

スサノオヲは思い出していたのだ。

稲光りが走ったかと思うと杉の木が真っ二つに裂けた光景を。黒焦げになった木が燻ぶっている。

光は、
木を引き裂く力を持っている。木を燃やす熱を持っている。明るさを生み出す力を持っている。

天と地とのあわいを走るいかづちを目に浮かべる。光の源、熱の源となっている稲光り、電流。

砂鉄も燃えると光と熱を出す。

雷神がスサノヲのなかで炸裂する。

51　菱矢来

金屋に辿り着いた。

鉄の船通山、武人姿で目覚めた日御碕、おだやかに暮らした里と金屋とを結んでみた。

菱形になる。

菱矢来が結界となっているのなら、「人なり山」はこのうちにある。

山砂鉄の採れる石も毒を放つ石もこのうちにある。

鉄つくりの人は毒を恐れて菱矢来を出ていけばいいだけのことだが、里の人たちはそうはいかない。菱矢来のうちが彼らの世であるから、たとえ毒の脅威があっても、田畑が汚されようとも里を捨てることはできない。
一の実に九つの虚をまぶした世では、
人なし山では砂鉄の採掘をおこなうだけで死んでいく、そして不可解なことよで、すまされる。
掘削して採りだした石のなかに、緑がかっており日の光があたるとこがね色に光る石をなにか
得難いものに相違ないと喜び勇んで、細かく砕いていってもなにも出てこない。
糠喜びに終わるだけならまだしも、舞い上がった塵あくたが妖気を漂わせることとなる。
何か得体のしれないものによって殺される者が出ては、四の五の言っている場合ではないと、
鉄つくりの人たちが死びとを丁重に葬ると、そばに小さな祠を建てたのち、足早に逃げ去ったの
もうべなるかなで、間違いない。金屋のお社の目の前にある、この山が人なり山。
お社はとみれば、高床式の方三尺くらいの小さな祠で、朽ちかかっている。
中には石が祭ってある。屋根と同じく石もあらかた苔に覆われている。
スサノヲは手に取り、苔を払いのけ、じっくり見てみた
緑っぽく、日に当てるとこがね色に光った。
結界の内なる里では、火種をつくらないようにするのが知恵である。
緑の石は掘り出さない。
万に一つ、誤って採りだした時は、あの鉄つくりの人たちが行ったように祠に納めておく。
魑魅魍魎の跋扈する菱矢来になってしまうのを防ぐために。

52　根の国

スサノヲは石を祠に戻そうとして気が付いた。

石の置かれていたところからかすかな光が洩れている。朽ちかけた床板を剥がすとその下は空洞になっており、ひと一人が通れるほどの隧道へと連なっている。

えいと思い切って足元から入り込んだ。

むっとする。しばらくすると汗がどっと噴き出てきた。無数の羽音がし、顔をかすめてキキーと叫んで飛び去っていった。コウモリであろう。

構わず壁伝いに半時ほど進んでいくと、足が宙に浮いた、と思うと、すぅっと隧道から滑り落ちた。

そこは大きな洞窟で、この洞窟がおそらく「人なり山」のかなめとなっているのであろう。

見ると、おびただしい死びとの群れ。

白骨に成った者もおれば、爛れた赤い肉片を見せている者もいる。

眼窩から白いものが出て来たので何かとみればウジムシ。

凄惨な光景から目をそむけても立ち籠める悪臭に嘔吐しそうになる。

スサノヲはすべてを思い出した。

ここが根の国、
根の国を治めよ、とも言われた。

どこでどう食い違ったのか、時系列が狂ったのか、

世の乱れをしづめて、安らけく知らしめせ、とのことだったのに、
菱矢来の世を支えているのが根の国であるのに、
絶えず繰り返される戦さのために菱矢来に歪みが生じても、
地にぶどうの血が流されようとも黙って受け入れてきたのに、
悲鳴を上げ始めた根の国。

53　人なり山

人なり山はあちこち削り取られている。

人なりゆえ、人を生かしもし、殺しもする山である。人が決して手にしてはならぬ、こがねの石を採りだして原爆、原発にして以来、人なし山となり、未来永劫にわたって祟る石となったのを知れ。

数千年もの長きにわたって安らかに眠っていた鬼子母神が今や天女の相から、目をかっと見開き赤く裂けた口元から鋭い牙をのぞかせた鬼形になったのを知れ。

それとも知っていて、知らない振りをしているのか。

限りなき欲の向かうところ、たかだか、ここ一世紀足らずの間になされた愚行の数々によって、
四七万年に及ぶホモ・サピエンスの歴史が幕を閉じようとしている。

スサノヲは瞑目すると、

忿怒の相となった鬼子母神を捉えていた。

54　胎動

スサノヲは再び目を見開いた。

淀み、むっとする洞窟を見渡した。やはり、ところどころに緑色に鈍く光るものがある。

そこら辺りはかなり削られている。

スサノヲはしだいに息苦しさを覚えた。

鬼子母神の霊気か、
しばらくの間、息を殺して様子をうかがった。

何の気配もない。

そうっと緑の岩肌に近づき手で触れた。

ぞくっとする戦慄が走る。

これ以上、止まってはならぬと、そろそろと後戻りした。

祠の下まで来、人心地ついて、何気なく顔に手をやると、
鼻から流れ出していた血がべたっとついた。

その場で仰向けになると鼻を押さえた。

日が中天に昇る頃、

スサノヲは人なし山をあらためてしげしげと眺めていた。山肌には痛々しい傷跡が無数にある。木を伐採し、むき出しとなった山肌を鉄斧で掘り取った跡だ。

広場の一隅にある炉の跡の辺りには、石が散乱している。

スサノヲは幾つかの石を矯《た》めつ眇《すが》めつ見た。どれも花崗岩であるが、それは鉄鉱石であったり、ウラン鉱石だったりする。

55 贖罪

オキナとの話がふいに浮かんできた。

海の果てになにが見えた、と聞かれたことがある。

わしは先《さき》つ人から聞いた。

この世は広い。海には夜空の星のように数え切れない地がある。わしらの仲間がいる地もある。その地で語り伝えられている話があってなあ。ただ、古と先とがない交ぜになっており、時に乱れが生じているようだが、話は話じゃで、ナバホ族のアンナ・ロンドンが言っておる話で、
私たちナバホは、その創世神話の中で、ウラン（これは先の言葉でそう言っているが、ナバホは地下世界からのクレッジと昔からそう呼んでいる）は大地のなかに留めておくべきものだ、といつも教わって来た。昔からの言い伝えで知っていた。もし解き放たれたなら、世界中の先住民文化でもそう考えているように、それは邪悪な蛇になり、災害や、死や、破壊をもたらすであろう。

今の今まで、人なり山のことで頭が一杯であったのでオキナの話をすっかり忘れていた。

なんてことだ。

毒を放つ石は、「ウラン」というのだ。

「うらん・ウラン・クレッジ」

鉄つくりの人たちが祠に封印した「うらん」。

だが、まてよ、オキナは時の乱れとも言っていた。だとすると、ナバホ族の掟を破って、ウランを掘り起こした者がいるということか。

ならば、既に人々の暮らしを破壊し、災害をもたらし、人々を死に追いやりつつあるってことになる。

「フクシマ」

ひとを殺せば殺すほど金になる石。

ウラン鉱石の側にいるだけで息苦しくなって死ぬのに。

創生神話・先住民文化・根の国と、アンナ・ロンドンの話は広がりをみせる。

ウランはひとが決して手にしてはいけない。禍をまねく、死をもたらすことは、これではっきりした。

それなのに欲しがるヤカラどもがいる、ということか。

ウランを核分裂させて、途轍もない殺傷をなす原子爆弾や原子力発電所をつくる。

それがなんになる。

サソリがつくった山刀は切れ味が悪かった。それでも何度も何度もつくりなおし、工夫をこらしている内に鋭い山刀になっていく。それで十分だ。

寒さに震え、食い物に困っても里の方がいい。

56 はわの地へと

スサノヲは祠の前で長い時を過ごした。

イノシシの肉も残り少なくなったが狩りに出かける気になれない。

飢えの恐れどころか、安らかな気さえする。

日が暮れ始め、星が弱い光を見せ始めてもスサノヲは動こうとはしなかった。やがて東の空から大きな月が昇ってくるとスサノヲはおもむろに起き上がり、祠のそばにイノシシのなめし皮を敷いた。

寝ころびながらイノシシの干し肉をかじった。

噛めば噛むほど口いっぱいに旨みが広がっていく。

獣の皮が身を守り、肉が空腹を満たしてくれる、それに塩を少々。塩では、オキナが言っていた、二人の若者が背負えるだけの稲わらを背負って浜まで行き、そこに広げた稲わらに海の水をかける。半日も陽に照らされていると、稲わらのあちこちに白く光るものがある、それが塩である。
そのような暮らし。
スサノヲは思う、
こうして私たちが生きていくことができるのは多くの生きものと知恵のお陰であり、また、それを伝え続ける人々のお陰である。
では、鉄は、
釣り針、山刀、スキ、これだけでじゅうぶんではないか。
太刀はどうか、
身を守るものであるが、用い方を誤れば人を殺す武器にもなる。
ウラン、これは、どうなのか、
毒そのものではないかと、スサノヲは吐き捨てるように言った。
肌寒さを感じながらも、
満天の星空をいつまでも眺めていた。
夜明け前に寒さは増していたが、びっしりと汗をかいている。
木切れを集めて火をおこした。火の勢いが増してくると汗もひき、安らかな気持ちになっていく。
そのまま空が明けるのを待った。
やがて、人なし山の頂き辺りが赤く燃えだし、辺り一帯がゆらゆら揺れ出した。
陽光がいくつかの波状になったかと思うと、閃光がスサノヲ目掛けて走った。

間一髪、
光はそのまま祠のウラン鉱石を貫いた。
なにごとか、とウラン鉱石を眺めながらつぶやいた。
またもや、どっと汗、火を勢いよく燃やす。
日は東より出でて西に沈む。
東にある「人なり山」、
そこにある山砂鉄、ウラン鉱石。
祠のウラン鉱石を貫いたこがねの一閃、
身をかわしていなければ私を貫いていた光、
スサノヲはウラン鉱石を取り出し念入りに調べてみた。
緑がかっている以外には何の変哲もない花崗岩である。
一息入れると、遅い食事の用意にかかった。
食事といっても火にあぶした干し肉を食べるだけである、あとは水と塩。
それでも温かい肉は昨夜のと違ってほっとさせるものがそこにはあった。
さてと、石を祠に戻そうと思って手にすると熱い、手がただれるほど熱い、石そのものがこがね色に燃え上がっている。
内なる熱と光、
鬼子母神にこがねの石を奪われてしまったが、それでも、なお、

核なき未来を切り拓かんとするスサノヲの迸《ほとばし》る熱と光

あとがき

ヒトは文化を造り出し、それを楽しむことによってヒトたる。

喰ってるだけでは生ける屍で、縄文人以来、歌うことによって、こころをともにしてきた。

折口信夫の言うように、うたふは訴ふに由来している。こころに訴え掛け、繋がりを深めていくところにハピネスを感じてきた。

里が大きくなり国の体裁が必要となっても、目差したのは文化国家。

しかし、厄介なことに、
生命活動を成り立たせている食欲や性欲には色がない。この二者は倫理観を失なわせる状況下では悪にもなる。難儀なことに、禁断の木の実を知れば知るほど、更なる蜜の味をどこまでも貪ろうとする。

欲により、原始共産社会が踏み潰された事例は歴史の至る所に見られる。

現在に至っては、原子爆弾しかり、原子力発電所しかりで、放射能まで食い物にする。その剥き出しの劣情たるや止まるところなしだ。

原子の火が神の火だと不遜にも誑かし、貪り食ってるワルには、神の怒り。

神の鉄槌を下すのはいつの世にあっても怒れる若者。
スサノヲにしても否が応でも戦かわざるを得なかった。時と処を超え
歴史を遡り、ヒトの純真無垢の姿を呼び寄せるまで。

果たして、この物語がその任を果たしているかどうかは著者には分からないが、どうか、一度、
立ち止まって
おのがこころの叫びに心静かに耳を傾けてほしい。
ヒトって、そう捨てたものではないのだから。

過ぎ去ることのない3・11　吉田雅人

著者略歴

吉田雅人（よしだ・まさと）

摂津国、小浜の宿のはづれに生まる
その地には、売布神社があり、祭神は下照姫
詩集「ひの女」（オリジン出版センター）
長詩「私のラプソディー」（オリジン出版センター）
定本　物語詩「ひの女」（オリジン出版センター）
詩集「私説能楽集」（オリジン出版センター）
叙事詩「児の館／特別手配」（日本文学館）
叙事詩「アウトローでフクシマ」（批評社）

スサノヲ 烈火のごとく怒りて

2024年5月10日　初版第1刷発行

著者……吉田雅人

装幀……臼井新太郎

発行所……批評社

〒113-0033 東京都文京区本郷1-28-36 鳳明ビル201
電話……03-3813-6344　fax.……03-3813-8990
郵便振替……00180-2-84363
Eメール……book@hihyosya.co.jp
ホームページ……http://hihyosya.co.jp

印刷・製本……モリモト印刷㈱

ISBN978-4-8265-0745-5 C0093